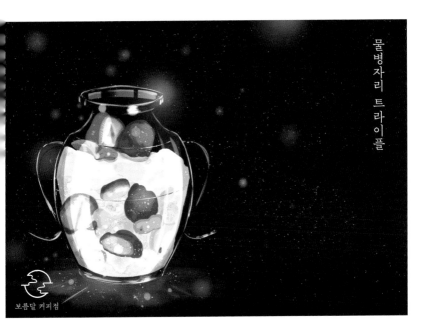

물병자리 트라이플

보름달 커피점

행성 아이스크림 아포가토

보름달 커피점

보름달 버터 팬케이크

보름달 커피점

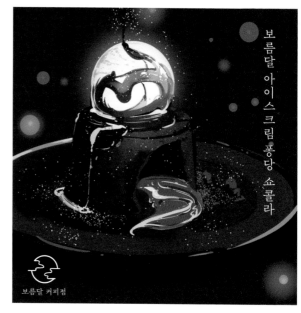

보름달 아이스크림 퐁당 쇼콜라

보름달 커피점

수성 크림소다

보름달 커피점

아침놀 시럽을 넣은
별무리 아이스커피

보름달 커피점

월광과 금성의 샴페인 플로트

보름달 커피점

하늘색 맥주 '별하늘,

보름달 커피점

보름달 커피점의
고양이 별점술사

보름달 커피점의 고양이 별점술사

모치즈키 마이 지음
사쿠라다 치히로 그림
이소담 옮김

지금이책

차례

보름달 커피점의 고양이 별점술사

"'보름달 커피점'에는 정해진 장소가 없습니다.
그때그때 당신이 자주 다니는 상점가나 종착역, 한적한
강변으로 장소를 바꿔가며 마음이 가는 대로 나타난답니다.
또한 우리 가게는 일반 손님에게 주문을 받지 않아요.
오로지 당신만을 위해 특별히 준비한 디저트와 식사,
음료를 제공합니다."

앞에 선 커다란 삼색 고양이가 그렇게 말하고 생글 웃었다.
어쩌면 꿈을 꾸는 건지도 모르겠다.

프롤로그

   4월 초.

   활짝 열어둔 창으로 봄 내음을 머금은 상쾌한 바람과 함께 감미로운 피아노 선율이 흘러들어왔다.

   엘가의 〈사랑의 인사〉다.

   마치 피아노 선율에 이끌리기라도 한 듯이 베란다 난간에 고양이가 나타났다.

   우리 아파트에서는 반려동물을 키워도 된다. 그렇다면 저 아이는 다른 집에서 키우는 고양이겠지? 흔한 색 조합이기는 하지만, 흰색과 갈색과 검은색의 털이 조화롭게 어우러진 삼색 고양이였다.

   부엌에서 파를 다지던 손을 멈추고, 나는 별생각 없이 고양이를 바라보았다. 고양이는 베란다 난간을 사뿐사뿐 걸어갔다. 발 디딜 데가 불안정한데도 태연하게 걸어가는 모습이 어찌나 우아한지 나도 모르게 넋을 잃고 보게 되었다. 구름 한 점 없이 맑은 하늘과 벚나무를 배경으로 삼은 덕분에 그야말로 한 폭의 그림 같다.

반면에 나는 뭐 대단한 요리라도 하는 양 부엌에서 요란을 떨고 있지만 라면에 넣을 파를 다질 뿐이다. 파 말고도 당근, 숙주, 시금치를 참기름에 볶아 넣을 작정이지만, 분위기라곤 눈곱만큼도 없으니 그림같은 식사와는 거리가 먼 점심이다.

고양이는 피아노 선율에 흠뻑 빠지기라도 했는지 난간 중간에 우뚝 멈춰 서더니, 기분 좋은 듯이 눈을 가늘게 떴다. 긴 꼬리를 진자처럼 좌우로 흔든다.

우리 집은 좁은 원룸이다. 부엌에서 베란다까지 거리가 가깝다. 고양이가 내 시선을 느꼈는지 돌아보고 "야옹" 하고 울었다. '사랑의 인사'가 아니라 '고양이의 인사'다.

나는 헤실헤실 웃음이 흘러나오는 것을 느끼며 손을 씻고 베란다로 갔다. 스르륵. 미닫이문을 열었지만 고양이는 이미 사라진 뒤였다. 두리번두리번 주위를 둘러봐도 어디에도 안 보였다. 이곳은 3층이다. 혹시 미끄러져서 아래로 떨어지진 않았으려나 걱정했는데, 그런 것 같지는 않다. 안심하는 동시에 '하기야 고양이가 떨어질 리가 있어?'라고 생각하며 피식 웃고, 난간에 팔을 기댔다.

〈사랑의 인사〉는 진작에 끝나고 지금은 쇼팽 에튀드 3번 〈이별의 곡〉이 들려온다. 이별이라. 숨을 깊이 내쉬고 고개를 숙였다. 사랑하는 이와 헤어지면 누구나 힘들다. 특히 나이 마흔에 결혼에 대한 열망까지 많은 나 같은 사람이라면 더더욱……. 그 사람과 워낙 오래 사귀어서 같이 있는 게 너무도 당연해졌다. 그러나 이 세상에 '당연한 일'은 없다.

어쩌면 고양이도 높은 곳에서 미끄러져 떨어지는 일이 있을지도 모른다. 그런 생각이 들자 다시 불안해져서 아래를 살폈는데, 고양이의 모습은 어디에도 보이지 않았다. 역시 고양이는 아무 문제 없나 보다. 발이 미끄러진 건 나뿐이다.

"어디에서 잘못된 걸까……."

와자지껄 아이들의 떠드는 소리가 들려 다시 아래를 내려다보았다. 봄방학인가? 초등학교 저학년으로 보이는 아이들한 무리가 지나가고 있었다.

갑자기 그립다는 생각이 들어 웃음이 나왔다.

그때 내가 가르쳤던 아이들은 잘 지내고 있을까? 역시 학교 선생님을 그만두는 게 아니었나?

아니다. 지금 이 상태로 계속 학교에 나갔다면, "선생님은 결혼 안 해요?"라고 묻는 천진난만한 아이들의 무심한 질문에도 무너져내렸을 것이다. 지금 같아서는 아마 교단에서 울어버리지 않았을까 싶다.

이걸로 잘 된 거야. 다짐하듯이 그럼 그럼, 하고 고개를 끄덕였다.

미닫이를 꼭 닫고, 방으로 돌아왔다. 어느새 피아노 소리는 그쳤다.

제1장

물병자리 트라이플

1

"잘 먹었습니다."

나, 세리카와 미즈키는 빈 라면 그릇을 앞에 두고 두 손 모아 중얼거렸다. 라면에 볶은 채소와 다진 파를 듬뿍 넣었다. 푸짐하게 잘 차린 점심은 아니지만 다 먹고 나니 제법 잘 챙겨 먹은 기분이 든다.

"그럼 일을 시작해볼까."

라면 그릇을 부엌으로 가져가 간단히 헹궈 식기 건조대에 넣었다. 이어서 행주를 들고 식탁을 꼼꼼히 훔쳤다. 어른 한 명이 앉아 간신히 밥 먹을 수 있는 정도로 작은 식탁이다. 좁은 원룸이다 보니, 이 식탁 위에서 밥을 먹고 일도 한다.

드리퍼에 뜨거운 물을 부어 커피 한 잔을 내린 다음, 노트북과 자료를 식탁 위에 놓고 의자에 앉았다. 커피를 한 모금 마시고 자료를 팔랑팔랑 넘겼다.

"어디 보자, 이 캐릭터 설정은……."

자료에는 화사하고 수려한 남자 일러스트가 쭉 실렸다. 캐릭터 설정집이다.

이 미소년들은 '명문교에 다니는 유복한 도련님'으로 설정되었다. 머리카락이 빨강에 파랑에 노랑으로 형형색색이라 도저히 부잣집 도련님으로는 안 보인다. 물론 게임 속 이야기다 보니 이런 소소한 부분까지 신경 쓰는 사람은 없다.

나는 시나리오 작가다. 지금 맡은 일은 소셜게임의 시나리오 작업이다. 다만 메인 시나리오 담당은 따로 있다. 플레이어인 주인공이 공략하기 어려운 주요 캐릭터와 맺어지는 해피엔딩 스토리는 다른 사람의 몫이다. 나는 주인공이 '조연 캐릭터'와 맺어지는 경우의 시나리오를 쓰는 중이다. 말하자면 '곁다리 엔딩'이므로 시나리오도 의도적으로 그냥저냥인 내용으로 해야 한다. 플레이어가 대만족할 흥미로운 스토리여서는 안 된다.

분량도 많지 않아 30KB(킬로바이트) 정도 되는 에피소드다. 원고를 쓰는 일인데 페이지 수나 글자 수가 아니라 'KB' 단위로 청탁 받는 점은 게임 시나리오만의 특징일까?

「뺨이나 이마에 하는 키스신 엔딩으로. 장소는 물가를 희망.」

"키스신은 입술이 아니라 뺨이나 이마. 거기에 장소는 물가라…… . 실내 활동을 좋아하는 남자라는 설정이니까 해변이나 강가보다는 호텔 수영장이 자연스럽겠지?"

자료를 확인하며 혼자 중얼거리고, 이번에는 공책을 펼쳤다. 공책에는 다른 사람은 알아보지 못할 정도로 정신없는 낙서가 가득했다. 이건 내가 쓴 플롯이다. 말하자면 이야기의 전체적인 흐름이다.

큰 매력 없는 조연 스토리이므로 플레이어가 '이런 시나리오는 싫어. 역시 공략하기 어려운 캐릭터와 해피엔딩을 봐야겠어!'라고 생각하게끔 유도해야 한다. 즉, 데이트도 제대로 못하고 러브신도 소극적으로 표현해야 한다는 소리다. 이렇게 쓰는 것도 제대로 쓰는 것만큼 어렵다.

확인을 마치고 글을 쓰기 시작했다. 컴퓨터에서 흘러나오는 음악 소리와 함께 다다다닥 키보드를 두드리는 소리가 방 안에 조용하게 울렸다.

내가 의뢰받은 소셜게임의 시나리오는 진부하고 틀에 박힌 클리셰적인 전개가 많다. 그런 글은 내 특기이므로 일 자체는 재미있고, 할 수만 있다면 조연이 아니라 공략하기 어려운 주연급 캐릭터와의 러브신을 쓰고 싶다. 하지만 난 지금 그런 배부른 소리를 할 처지가 못 된다. 이런 생각이 들자 자조하며 웃고 말았다. 예전에는 훨씬 더 중요한 일을 맡았는데……. 고개를 양옆으로 젓고 글에 전념했다.

글자 수에 따라 페이지 수는 달라지지만, 30KB라면 대략 단편 한 편 분량이다. 삼분의 일쯤 쓰고서 등을 쭉 폈다. 시곗바늘이 오후 세 시를 가리켰다.

"일 시작한 지 두 시간이라……."

두 시간 이상을 집중하지 못한다는 걸 깨닫고 씁쓸하게 웃었다. 10년 전에는 시간 가는 줄 모르고 앉아 있을 수 있었는데…….

그때, 식탁에 올려둔 스마트폰이 진동하며 메시지가 왔다고 알렸다.

「세리카와 작가님, 오랜만에 인사드려요. 나카야마 아카리입니다. 갑작스럽지만 급하게 간사이* 쪽 일이 들어와서 지금 교토에 와 있어요. 혹시 시간이 되시면 만나 뵐 수 있을까요?」

그 이름을 확인한 순간, 심장이 세차게 뛰었다. 나카야마 아카리는 예전에 함께 일했던 텔레비전 제작사의 직원으로, 지금은 디렉터다.

---

* 일본 열도에서 가장 긴 섬인 혼슈 서남부로, 교토부와 오사카부 등이 있는 지역.

나는 지난달에 가지고 있는 용기란 용기는 다 끌어모아 나카야마에게 기획서를 보냈다. 교토에 온 겸사겸사일지 몰라도 일부러 연락했다는 건 분명 기획서 관련해 해줄 말이 있다는 뜻이리라.

「네, 그럼요. 저도 뵙고 싶어요.」

답변을 보내자, 「고맙습니다. 그럼 예전에 자주 뵀었던 호텔 로비에서 만나요. 한 시간 후에 괜찮으실까요?」라는 답이 돌아왔다.

「네, 괜찮습니다.」

나는 답을 보내자마자 후다닥 노트북을 덮고, 옷장처럼 쓰는 창고 문을 열었다. 무슨 옷을 입을지 고민하다가 결국 무난하게 정장을 입었다. 이어서 세면대 앞에 섰다. 좁은 원룸에 화장대를 둘 만한 곳이 없어 세면대에 화장품과 화장 도구를 뒀다. 급하게 파운데이션을 얼굴에 펴 발랐다.

"으악, 파운데이션이 안 먹네."

요즘은 동네 슈퍼에 갈 때 말고는 외출할 일이 거의 없다. 고작 슈퍼에 가려고 치장하기도 귀찮아서 마스크를 쓰고 다녔다. 오랜만이어서 그런지 피부가 퍼석해 뭘 발라도 화장이 다 떠버렸다.

한때 멋 좀 부리고 다녔던 나인데, 나카야마가 지금 내 꼴을 보면 한심해하겠지. 하지만 어쩔 수 없다. 화장을 계속했다. 눈썹을 그리고 립스틱을 바르고, 얇은 카디건을 걸치고 가방을 들고 집을 나섰다.

아파트를 나와 역으로 걸었다. 내가 사는 곳은 교토 시내이기는 하다. 그러나 교토라고 하면 보통 상상하는 옛 도읍이라는 고풍스러운 이미지와는 거리가 먼 평범한 주택가다. 전철에 몸을 싣고 나서야 한숨 돌렸다. 그때 나카야마에게서 다시 연락이 왔다.

「로비가 붐벼서 1층 카페로 이동했어요. 저는 일하는 중이니까 걱정하지 마시고 천천히 오세요.」

호텔 카페에서 노트북을 펼치고 있을 그의 모습이 떠올랐다. 방송 업계 사람에게는 노트북만 있으면 어디나 다 일터가 된다. 그건 나도 마찬가지다. 예전에는 종종 카페에 가서 일했다. 그러나 요즘은 커피 한 잔 값이 아까워 밖에서 특별히 볼 일이 없는 한 집에 틀어박혀 있다. 식사도 대부분 즉석식품이다. 거기에 그나마 채소를 곁들이는 건 최소한 이 정도는 먹어야 건강에 도움이 되지 않을까 하는 강박에서다. 혹시 피부 상태가 안 좋은 이유도 그래서일지 모르겠네…….

나는 살짝 웃으며 스마트폰을 켰다. 현재 방영 중인 드라마의 시청률이나 시청자 리뷰를 보고 있으려니 갑자기 가슴이 답답해졌다. 얼른 스마트폰에서 시선을 뗐다.

전철 안에는 하교 중으로 보이는 초등학생도 있었다. 2, 3학년 정도로 보였다. 흔히 드는 란도셀*이 아니라 단정한 갈색 가죽 가방을 멘 것으로 미루어 사립 초등학교에 다니나 보다. 혼자서 전철을 타고 통학하다니. 참 야무지다 싶어 감탄했다.

그때였다.

"저기, 세리카와 선생님…… 아니세요?"

옆에 앉은 여성이 가만히 말을 걸어왔다. 두근두근. 심장이 시끄럽게 뛰었다. 당황스러운 눈빛으로 그를 바라보았다.

20대 중반 가량의 젊은 여성으로, 어려 보이긴 한데 분위기가 차분한 게 나이가 좀 더 많을 수도 있겠다. 언뜻 봐도 세련된 복장에 길진 않아도 깔끔하게 정돈한 손톱, 밝은 머리카락색으로 짐작하기에 미용업계 종사자 같았다. 혹시 예전에 날담당한 미용사일까?

"아, 갑자기 죄송해요. 저는 초등학생 때 선생님이 돌봐주셨던 학생인데요……."

아하, 어깨에서 힘이 빠져나갔다. 예전 제자인가 보나.

"저, 선생님을 정말 좋아했어요."

---

* 일본 초등학생이 주로 메는 가방. 지정 란도셀이 있는 학교가 있을 정도로 일본에서는 대중적이다.

예상치 못한 말에 어깨가 움츠러들었다. 당시 나는 기간제 교사로, 주로 담임이 쉬는 날에 학생들을 돌봤을 뿐이다. 나를 정말 좋아했다니 반갑고 고마운 말이지만, 그렇게 따를 정도로 아이들과 친근하게 지낸 기억이 없다.

"선생님이 저희 하교 그룹을 담당해주셨거든요."

내 마음을 눈치챘는지 여성이 빠르게 덧붙여 말했다. 생각해보니 나는 학생들의 하교 그룹을 자주 인솔했었다. 담임은 학급 일로 바쁘니 인솔은 기간제 교사의 몫이라는 분위기였다. 인솔도 쉬운 일이 아니었다. 저학년 학생들은 예측 불가능한 행동을 하니까 한시도 눈을 뗄 수 없었고, 아이들을 한 줄로 세워 똑바로 걷게 하는 것도 여간 어려운 일이 아니었다.

걸으면서 끝말잇기를 하고 수다를 떨며 아이들이 지루하지 않도록 노력했던 시절을 떠올리자 그리워서인지 웃음이 나왔다. 이야기를 계속 들어보니 여성은 내 짐작대로 미용사라고 했다.

내리는 역에 도착했는지 여성이 "선생님, 갑자기 알은체해서 놀라셨죠. 죄송해요"라고 인사하고 전철에서 내렸다. 그를 배웅한 뒤, 나는 "이름쯤은 물어볼 걸 그랬네"라고 중얼거리고 행복한 기분에 젖어 등받이에 몸을 기댔다.

'초등학교 선생님'은 내가 동경했던 직업이다. 힘든 일도 많았지만, 지금 같은 만남을 겪으면 역시 하기를 잘했다고 진심으로 생각한다.

도대체 왜 시나리오 쪽을 선택했을까, 다시 기분이 우울해졌다. 처음에는 투잡으로 일했다. 기간제 교사는 부업이 허용되어 시나리오 일도 한 것이다. 그러다가 정식 교사 채용을 앞두고, 교사와 시나리오 작가 중 하나의 길을 택해야만 했다. 나는 교사라는 직업을 두고 시나리오 작가를 선택했다.

그 후로 몇 년이 흘렀을까. 그 시절에 만난 어린 학생이 성장해 자기 일을 할 정도로 세월이 흘렀고, 나도 어느덧 마흔이 되었다.

지금은 한 치 앞도 보이지 않는 어둠과 상처, 불안 속에 살고 있다. 그때 교직을 선택했더라면, 아무리 일이 고되었어도 지금보다는 안정적인 생활이 보장됐을 것이다. 앞날이 걱정되고 불안해서 벌벌 떨며 잠도 제대로 못 자는 밤과는 인연이 없었겠지.

아랫입술을 깨물고 무릎으로 시선을 떨궜다.

2

역에서 나와 산조대교를 건너 디렉터를 만나기로 한 호텔로 갔다. 교토 번화가에 오는 것도 오랜만이다. 얼마 전까지만 해도 이 부근에 살았던 때가 생각나 나도 모르게 헛헛한 마음이 들었다.

나는 2년 전까지 가모강이 보이는 아파트에 혼자 살았다. 거실과 침실이 분리되어 있었고, 널찍한 발코니도 있었다. 아침 일찍 가모강을 산책하고 발코니에서 홍차를 마셨다.

기야마치 거리에 자주 가던 카페가 있었다. 옆으로 다카세강이라는 작은 개울이 흐르고 있어 더 좋았다.

그 카페, 지금도 있을까? 그 시절을 그리워하며 산조 거리에서 북쪽으로 올라가, 오이케 거리에서 서쪽으로 걸었다. 시청

동쪽에 약속 장소인 호텔이 있다. 이곳에서 자주 관계자와 미팅을 하곤 했다.

심장이 쿵쾅쿵쾅 뛰었다. 로비로 들어가 곧장 카페로 향했다. 카페는 그럭저럭 사람이 있었다. 외국인도 많이 보였다. 나카야마 아카리는 창가에 자리를 잡고 있었다. 제작 일을 하는 사람 중에는 옷을 편하게 입는 사람이 많다. 나카야마는 성실한 성격대로 항상 깔끔한 정장을 입는다. 오늘도 까만 바지 정장이었다. 노트북을 펴고 일하는 모습을 상상했는데, 현실의 나카야마는 태블릿을 손에 들고 있었다.

"나카야마 씨, 기다리셨죠."

말을 걸며 다가가자, 나카야마가 번쩍 고개를 들고 일어났다.

"아, 작가님. 갑자기 죄송해요. 힘들게 여기까지 오시게 해서."

"아니에요. 힘들기는요."

"이 근처에 사시죠?"

나는 어색하게 웃으며 고개를 저었다.

"이사해서 지금은 다른 곳에 살아요."

"앗, 그러셨군요. 죄송해요. 이 근처인 줄 알고 여기에서 뵙자고 했어요."

괜찮다고 거듭 강조하며, 자리에 앉았다. 커피를 주문하자 금방 나왔다. 우리는 잠깐 이런저런 이야기를 나누었다.

"간사이에는 오늘 도착하셨어요?"

"네, 오늘 저녁에 이쪽 방송국 사람과 미팅이 있어서요."

"그러고 보니 그때 디렉터 선생님은 잘 지내세요?"

"네, 프로듀서가 되셨어요."

"두 분 다 성공하셨네요. 나카야마 씨도 디렉터가 되셨고⋯⋯."

"제 신입 시절을 잘 아는 세리카와 작가님이 보시기에는 참 신기하죠?"

무슨 소리냐며 나는 고개를 저었다. 나카야마는 신입 때부터 성실하고, 자기 자신은 물론이고 주위에도 엄격해 타협을 용납하지 않는 성격이었다. 당연히 잘 될 줄 알았다.

그런 사람이었으니까 나도 기획서를 보내보자고 용기를 냈다. 다른 사람이었다면 안 보냈을 것이다. 나는 꿀꺽 마른침을 삼켰다. 가장 묻고 싶은 것은 좀처럼 묻지 못하고, 시시한 대화나 나누었다.

지난달 메일로 보낸 기획서 생각이 머리에 꽉 차 "그 기획, 어떠셨어요?"라는 질문이 목까지 차올랐지만 무서워서 묻지 못하겠다. 무엇보다 그 전에 할 말이 있었다.

"나카야마 씨, 그때는 정말 죄송했습니다."

내가 고개 숙여 사과하자, 나카야마가 따뜻하게 웃으며 고개를 저었다.

"세리카와 작가님이 얼마나 괴로우셨는지…… 주제넘은 소리지만 저도 이해해요. 작가님은 통찰력과 관찰력이 보통 사람보다 뛰어나고, 그걸 고스란히 작품에 담아내는 분이셨잖아요. 그런 비범한 능력을 지닌 분이 자신을 비판하는 세상을 겪어야 했으니 힘들고 괴롭고 지치셨을 거예요."

나카야마가 커피를 홀짝였다. 나는 아무 말 없이 한 번 더 고개를 숙였다.

"세리카와 작가님은 정말 멋지게 활약하셨어요."

나카야마가 눈부시다는 듯이 눈을 가늘게 뜨며 웃었다. 전부 과거형이다.

스무 살, 대학 초년생 신분으로 시나리오 작가로 데뷔했다. 대형 방송국이 주최한 시나리오 공모전에서 「드라마 시나리오 대상」을 수상한 것이다. 이후 이따금 시나리오 일을 맡았으나 그것만으로 학비와 생활비를 감당해낼 수 없었다. 대학 졸업 후에는 어려서부터 꿈이었던 초등학교 교사가 됐다. 시나리오 일은 대학 시절의 아르바이트 같은 거였다. 그런데 졸업 직전에 쓴 시나리오가 엄청난 성공을 거둔 것이다.

무명 배우들만 출연한 데다가 늦은 시간에 편성된 드라마였는데 성과가 좋았던 탓에, 나는 과하게 높은 평가를 받았다. 그때를 시작으로 제법 규모 있는 일이 들어왔다. 20대였던 나는 히트 제조기로 인정을 받으며 황금 시간대 드라마를 맡았다. 결국 나는 교사 일을 그만두고 전업 작가로서의 길을 선택했다.

그런데 30대 중반 무렵, 그 전의 성공이 무색할 정도로 도무지 숫자를…… 시청률을 내지 못하고 고전했다. 흥행이 보증된 호화 배우들로 캐스팅된 드라마를 맡은 것이 결정적이었다. 황금 시간대였는데도 시청률이 한 자릿수를 넘기지 못해 나는 대역 죄인 취급을 받았다. 그래도 어쩌다 보니 그랬겠지, 세리카와 미즈키니까 다음 작품은 괜찮을 것이라는 분위기여서 그나마 초반에는 일이 들어왔다.

그러나 다음 드라마도, 그다음 드라마도 시청률을 내지 못하자 나를 향한 공격이 거세졌다. 결국 내 담당이 베테랑 디렉터에서 신입 사원인 나카야마로 바뀌었다. 그로부터 얼마 지나지 않아, 나는 세상의 시선과 평가에 대한 두려움과 압박을 견디지 못하고 끝내 일을 전부 놔버렸다.

많은 사람이 걱정하며 연락해줬으나 일절 받지 않고 소식을 끊었다. 그때 나를 담당했던 나카야마에게는 이만저만 폐를 끼친 게 아니다. 나카야마는 세상 모두가 나를 외면해도 끝까지 나를 놓지 않았던 사람이었다. 그러다가 나카야마에게서 오던 연락도 끊겼고, 정신을 차리고 보니 일 청탁이 전혀 들어오지 않았다.

히트 제조기로 인정받던 시절에 벌어놓은 돈도 바닥이 났으니 당연히 예전처럼 살 수 없었다. 당시 살던 아파트에서 나와 최대한 싼 곳을 고른 결과, 지금 사는 원룸 아파트에 이르렀다. 잘 나갈 때 사 모은 가구도 전부 팔아치웠다.

이후, '세리카와 미즈키'라는 이름을 감추고, 'SERIKA(세리카)'라는 필명으로 시나리오 일을 시작했다. 인터넷에서 본 '소셜게임 시나리오 모집'에 직접 응모해 하나둘 일을 따냈다. 무명에 실적도 없으니 중요한 일이 들어올 리 없다. 그래도 세리카와 미즈키라는 내 본명을 드러내기는 두렵다.

"저는 세리카와 작가님의 작품을 정말 좋아해요. 〈정상으로 가는 길〉이나 〈빛의 교실〉이요. 계급사회의 밑바닥에 있는 주인공이 자기 처지를 극복하려고 치열하게 노력하는 모습이 감동을 줘요. 또 열심히 살면 언젠가 보상이 따를 거라 믿을 수 있으니까요……."

나는 부끄러워서, 차분하게 말하는 나카야마에게서 시선을 피했다. 내가 쓰는 작품은, 각각 이야기나 설정이 달라도 공통

점이 있다. 가혹하고 불합리한 상황에 놓였던 주인공이 각고의 노력 끝에 사랑과 성공을 쟁취하는, 이른바 성공담이다.

"그래서 작가님이 이번에 보내주신 기획서도 즐겁게 읽었어요."

그렇게 말이 이어져서 쿵쿵. 심장이 빠르게 뛰었다. 기대와 불안에 떨리는 손을 느끼며 나는 고개를 들었다.

"죄송해요. 기획 회의에 가져가긴 했는데 통과하지 못했어요."

나카야마가 너무 미안한 표정을 지으며 사과했다.

"앗. 아니에요. 회의에 올려주신 것만으로도 얼마나 기쁜데요."

나는 얼른 고개를 흔들며 웃어 보였다. 나카야마는 성실한 사람이니까 검토해줄지도 모른다고 희미하게나마 기대를 품었다. 설마 회의 자리에서까지 내 이야기를 꺼낼 줄 예상도 못했다. 나카야마의 말에 진심으로 고마웠고, 동시에 이 업계에서 내가 더는 통하지 않는다는 확인 도장을 받은 것 같아 낙담했다.

"그렇다면야 어쩔 수 없죠. 정말 고맙습니다."

속으로는 낙담과 실망에 어찌할 바를 몰라 하면서도 겉으로는 싱글싱글 웃으며 말했다. 나카야마는 그런 나를 보며 아주 잠깐이지만 눈을 찡그렸다.

"……힘이 되어드리지 못해서 죄송합니다."

나카야마가 고개를 숙였다. 나는 아니라고 도리질했다.

"그리고 죄송해요. 슬슬 일어나야 해서요……."

"아, 네. 저야말로 죄송해요."

"먼저 실례하겠습니다."

나카야마는 인사를 하고, 그대로 카페에서 나갔다.

"……."

나카야마가 시야에서 완전히 사라지자 온몸에서 힘이 빠지는 듯한 느낌이 들었다. 한참을 그대로 앉아 멍하니 창밖을 내다보았다. 일부러 시간을 내 여기까지 와준 나카야마에게 고마운 마음도 잠시, '이런 소리를 하려고 일부러 나를 불러낼 것까진 없잖아' 하고 뒤틀린 마음이 올라왔다. 물론 나카야마는 아까도 말했듯이 내가 이 근처에 산다고 생각했으니까 불러냈을 것이다. 메일로 전해도 될 일인데, 일부러 얼굴을 보고 하기 어려운 말을 해줬다. 어쨌거나 나카야마에게는 진심으로 고마웠다.

"그만 포기하는 편이 낫겠지……."

신이 내린 계시일지도 모른다. 과거의 영광에 집착해 이 일을 놓아버리지 못하는 내게, 그쯤 했으면 됐으니 포기하라고 대신 말해준 것 같다. 다 식은 커피를 한 모금 마시고 어휴, 숨을 내쉬었다.

"실례합니다. 대화가 좀 들렸는데, 당신 혹시 시나리오 작가인 세리카와 미즈키 선생님?"

그때, 옆 테이블에서 남자 목소리가 들려 나는 번뜩 고개를 들었다. 말투가 뭐 이리 가볍나 싶었는데, 그를 보고 놀랐다. 마른 체형의 어린 남성이었다. 겉으로 보기에 스무 살 전후일까? 외모가 상당히 세련……된 수준이 아니라, 대놓고 화려했다.

머리카락은 겉은 금색, 안쪽은 물빛이 도는 투톤에 눈동자는 컬러 콘택트렌즈를 꼈는지 선명한 초록색이다. 시선을 끄는 눈동자를 상쇄할 생각인지 테가 빨간 안경을 썼다. 청년은 한 손에 스마트폰을 쥐고서 나를 보고 히죽 웃었다. 덧니가 인상적이었다.

"아……, 그런데요."

이렇게 어린 청년이 내 이름을 알다니 의외였지만, 나는 어색하게 고개를 끄덕였다.

"선생님이 쓰는 이야기는 재밌어."

그가 안경 너머로 눈을 가늘게 뜨며 웃었다. 처음 말을 걸었을 때처럼 시건방진 말투지만, 그 말에는 가슴이 촉촉해졌다.

"그런데 지금은 그런 거 안 통하지."

이어진 말에 어깨가 움찔 떨렸다.

"⋯⋯어?"

어떻게 반응해야 할지 몰라 당황했다.

"시대가 변했으니까. 시대를 따라가지 않으면 금방 뒤처지고 말아. 특히 방송국은 그런 현상이 현저해. 전파를 타니까. 방송 콘텐츠를 만드는 사람은 아무리 내용이 재미있어도 시대를 못 읽으면 끝이야."

그가 검지를 세우고 재잘재잘 말했다. 그 말이 귀로는 똑똑히 들리는데, 머리에는 들어오지 않았다. 도대체 이 사람이 무슨 말을 하려는 거지? 시대에 뒤처진 시나리오 작가니까 자기 분수를 알라는 소리인가? 그런 것쯤, 남한테 듣지 않아도 이미 잘 알고 있다.

눈시울이 뜨거워지려는 순간, 한 남성이 나타나더니 등 뒤에서 청년의 머리를 가볍게 때렸다.

"아파!"

"갑자기 무슨 실례되는 소리를 하는 거야?"

청년을 나무란 사람은 까만 정장에 회색 넥타이를 맨 마흔 전후로 보이는 남성이었다. 까만 머리와 냉정해보이는 눈빛,

단정한 생김새가 눈에 띄었다.

그는 화려하게 꾸민 청년 맞은편에 앉았다. 아버지일까? 그러나 부자지간이라기에는 둘의 나이 차이가 얼마 되지 않아 보인다. 무엇보다 둘이 하나도 안 닮았다. 정장을 입은 남성은 마치 선생님, 아니 '엄격하고 냉정한 교관' 같은 태도로 이 독특한 청년을 대했다.

"이 무례한 녀석 때문에 불쾌하셨죠?"

남성이 정중하게 고개를 숙여서, 나는 아니라고 고개를 저었다.

"미즈키 선생님. 이 아저씨는 당신 팬이야."

청년이 그렇게 말하며 키득키득 웃었다. 정장 남성은 청년을 힐끔 노려보고, 내게 재차 사과했다.

"거듭 죄송합니다."

괜찮다고 나는 또 고개를 저었다. 혹시 이 둘은 삼촌과 조카 사이일까?

"팬이라고 해주시다니 기뻐요."

물론 지금 내게 그런 존재가 있다는 것 자체가 의심스럽지만.

"당신 작품은 몸과 마음이 건강한 주인공이 '시련'을 맞아 성실히 노력하는 모습을 그리죠. 저는 그런 작품에 호감을 느낍니다."

그가 표정 하나 바꾸지 않고 말했다. 어찌나 진지한지, 듣는 내가 오히려 얼굴이 달아올랐다. 그냥 듣기 좋은 말로 내 작품을 좋아한다고 한 게 아니었다.

"그래도 스타일이 요즘 시대랑은 좀 안 맞지."

청년이 머리 뒤에 두 손을 깍지 끼고 말했다. 남성이 매섭게 노려보자 청년은 "죄송합니다아~" 하고 어깨를 움츠렸다.

"그럼 슬슬 갈까?"

남성이 먼저 일어나자 청년도 알았다며 따라 일어섰다.

"아, 미즈키 선생님. 혹시 시대를 읽는 법을 알고 싶으면 여기에 가면 돼. 오늘 밤은 보름달이 떴으니까 문을 열었거든."

청년이 내 앞에 명함을 한 장 놓았다.

「보름달 커피점」

명함 앞장에 상호명이 이렇게 적혀 있었다. 주소를 보니 니조혼야마치 남쪽. 이 호텔 근처다.

"거기에 '보름달 커피점'이라는 가게가 있었나?"

혼잣말을 중얼거리며 고개를 들었을 때는 이미 그들이 보이지 않았다. 주위를 둘러봐도 없다.

창밖을 내다보니 벌써 어둑어둑해졌다.

"시대를 읽는 법이라……."

가게 이름을 보면 카페 같은데 대체 뭘 가르쳐주려고? 음료 값 이외에 돈이 따로 들까? 비싸면 어쩌지……. 청년의 외모가 머릿속을 스쳤다. 너무 화려하다 보니 그 모든 게 어쩐지 의심 쩍었다. 묘하게 친근하게 구는 점도 수상하다.

"집에나 가자. 그냥 평범한 카페라도 커피값이 들잖아……."

나는 느릿느릿 일어나 호텔을 나왔다.

3

호텔에서는 전철역도 버스 정류장도 가깝다. 그래도 바로 집으로 들어가고 싶지 않아 역으로 가지 않고 어슬렁어슬렁 혼야마치 거리로 향했다. 여기는 교토 중심부다. 그럭저럭 사람이 다니는데, 봄방학치고는 그렇게 붐비지 않았다.

혼야마치 거리까지 와서 멈췄다. 여기에서 북쪽으로 가면 그가 말한 커피점이 나온다.

"어떻게 생겼는지만 볼까……."

변명하듯이 중얼거리며 걸음을 옮겼다.

오른쪽에는 가게가 이어지고 왼쪽에는 자그마한 나카세강이 졸졸 흐른다. '이치노후나이리一之船入*'이라는 글자가 새겨진

---

* 배를 대기 위해 인공적으로 만든 만.

다리가 보였다. 강에 술통을 실은 배가 있다. 에도시대*, 스미노쿠라 료이라는 대大상인이 니조와 후시미 지역을 연결하는 운하를 만들었다고 한다. 그리고 니조에서 시조 사이에 화물을 싣고 내리는 정박장을 아홉 군데 만들었다. 이곳은 그중 하나로, 정식 이름은 '다카세강 이치노 인공항만'이다.

저 배도 옛 모습을 재현했다. 배 주위를 둘러싸듯이 자란 벚나무에서 꽃잎이 떨어졌다. 서정적인 풍경이다. 역시 교토는 아름답다.

내 고향은 히로시마다. 처음 교토에 온 것은 초등학교 수학여행 때였다. 그때부터 교토에 동경을 품어 교토에 있는 대학에 진학했다. 재학 중에 작가로 데뷔했고, 이곳 교토에서 학교 교사가 됐다. 마음만 먹으면 뭐든 다 해낼 수 있었던 시절이었다. 지금은 그때가 먼 옛날의 꿈처럼 느껴진다.

보름달 커피점 →

이런 간판이 세워져 있어서 놀랐다.

"정말로 있네."

간판 화살표가 가리키는 방향에는 토끼굴처럼 좁은 골목이

---

* 1603년~1867년.

있었다. 바닥에 일렬로 놓인 촛불이 환상적이고 아름답다.

어떤 가게일까? 호기심이 무럭무럭 자랐다. 하긴, 나는 탐구심이 왕성해서 취재할 때도 집필 기간과 마찬가지로 시간을 들이는 편이었다. 가슴 뛰는 이 감각을 어느새 잊고 살았다. 약간의 긴장감을 느끼며 골목으로 들어갔다. 터널 같은 문을 지나자, 가모 강변이 나왔다.

"와, 강변으로 연결됐네."

놀라 고개를 들자, 휘영청 뜬 보름달이 새하얗게 벚꽃을 밝혔다. 달빛을 받으며 유유히 강물이 흐르고 있었다. 그리고 동그란 달 아래에 열차 차량 하나가 덩그러니 놓여 있었다.

자세히 보니 열차가 아니라 차였다. 소형 버스, 아니 트레일러다. 창이 두 개 있고, 창문 앞에 각각 1인분의 음식물을 놓을 수 있는 카운터가 있었다. 트레일러 옆에는 보름달 모양인 전등이 달렸고, 그 앞에 간판이 놓였다.

보름달 커피점

이름만 보고는 복고풍 카페라고 짐작했는데, 요즘 유행하는 세련된 트레일러 카페였나 보다. 어둑어둑한 강변을 둥실 밝히는 조명이 환상적이었다. 트레일러 안에는 먹을 공간이 없는지, 옆에 테이블 세트가 세 자리 놓였다.

그중 한 자리에 토끼 인형이 있었다. 그 앞에 커피잔까지 있는 것으로 보아 예약석인 듯 싶었다. 테이블 위에 놓인 랜턴 불빛이 흔들거렸다.

"멋지다……."

감탄하며 다가가는데 "어서 오세요. 편한 자리에 앉으세요" 하고 트레일러 안에서 남자 목소리가 들렸다.

목소리가 차분하면서 다정한데 모습은 보이지 않았다. 뭔가 만드느라 바쁜가 보다. 상대에게 내 모습이 보이지 않겠지만 가볍게 인사하고 테이블에 앉았다.

가모강 근처에 이렇게 멋진 트레일러 카페가 있는 줄 몰랐다. 카페에서 그 젊은 청년은 '보름달이 떴으니까 문을 열었다'라고 말했다. 항상 있는 건 아닌가 보다.

용기를 내 와보길 잘했다. 기분 좋은 마음으로 턱을 괴고 하늘을 올려다보았다. 어쩜 이럴 수가…….

별이 가득했다. 지금 일본에서는 절대 보지 못할 선명한 별들. 플라네타륨*으로 본 밤하늘 영상처럼 은하수까지 또렷하게 보였다.

"……대단하다."

---

* '천상의'라고도 한다. 반구형 천장에 설치된 스크린에 달, 태양, 항성, 행성 따위를 투영하는 장치. 천구 위에서 천체의 위치와 운동을 설명하기 위하여 만들었다.

이럴 때를 두고 '압도되었다'고 하는 걸까.

"하하. 역시 여기 커피는 맛이 좋군요."

대각선 뒤쪽 테이블에서 갑자기 목소리가 들려서 나는 깜짝 놀라 돌아보았다. 아까 토끼 인형이 앉아 있던 그 자리다. 토끼가 앉았던 의자에 지금은 노신사가 앉았다. 어디 파티에라도 갈 참인지 까만 연미복을 차려입었다.

저런 사람이…… 가까이에 있었나?

신사는 커피를 맛있게 마시고, 천천히 일어나 커피 잔을 트레일러에 반납했다.

"마스터, 잘 마셨어요. 역시 여기 커피가 최고입니다."

"고맙습니다."

가게에서 나오는 빛과 신사의 등에 가려져 잘 안 보였지만, 카운터 안쪽에 선 마스터가 기쁘게 대답하며 잔을 받았다.

성큼성큼 걸어온 신사가 나를 보고 싱긋 웃었다. 눈이 마주쳤으니까 나도 가볍게 인사했다. 내 옆을 지나가면서 신사가 고개를 꾸벅 숙이더니 뭐라고 말했다.

"……?"

지금 뭐라고 한 거지? 나는 당황해서 고개를 들었다. 돌아보고 눈을 의심했다. 신사가 토끼로 변했다. 강 상류를 따라 두 발로 걸어갔다.

"어?"

눈을 비비고 다시 봤을 때는 이미 사라진 뒤였다. 기분 탓인가? 고개를 갸웃거리는데, "오래 기다리셨습니다" 하고 다정한 목소리가 들려 돌아봤다. 앞치마를 걸친 커다란, 아주 커다란 삼색 고양이가 컵을 담은 쟁반을 들고 서 있었다.

"……엇!"

나는 입을 멍하니 벌리고 눈앞에 선 고양이를 바라보았다. 키가 2미터는 될 것 같다. 두 발로 섰고, 짙은 남색 앞치마를 걸쳤다. 얼굴은 동그랗고, 눈은 초승달처럼 웃고 있다.

고양이가 말했어.

고양이가 쟁반을 들었어.

게다가 고양이가 엄청 크기까지.

혹시 잘 만든 인형 탈일까?

뭐에 먼저 놀라야 할지 몰라 눈을 데굴데굴 굴리며, 거대한 고양이를 위에서부터 아래까지 살폈다. 복슬복슬해 보였다. 이 고양이를 부둥켜안으면 얼마나 기분 좋을까? 혼란에 빠진 나는 그런 생각까지 했다. 머릿속에 물음표가 가득했다. 도무지 말이 나오지 않아 입만 뻐끔거렸다. 삼색 고양이는 내 모습이 재미있는지 즐겁게 눈을 휘어 웃었다.

"이렇게 와주셔서 기쁩니다. 놀라셨군요? 죄송합니다."

아니요······. 나는 살짝 고개를 저었다.

"처음 뵙겠습니다. 저희 '보름달 커피점'에 방문해주셔서 감사합니다."

삼색 고양이가 테이블 위에 컵을 내려놓았다. 나는 한숨을 쉬고, 테이블 위의 컵을 보았다. 완만한 커브를 그린 작은 컵에 얼음 세 조각과 물이 담겼다. 테이블에 내려놓을 때 살짝 충격을 받았는지, 물 표면에 마치 금가루 같은 작은 빛 파편이 반짝반짝 깜박였다.

"······?"

컵에 얼굴을 가까이 댔는데, 빛은 벌써 사라졌다. 이것도 기분 탓일까? 놀랄 일이 연속으로 생겨서 목이 말랐다. 나는 컵을 들고 꿀꺽 물을 마셨다.

평소 마시는 물과 다르게 뒷맛이 안 남고 깔끔했다. 물이 목을 지나 온몸으로 스르륵 퍼지며 어우러지는 감각을 느꼈다. 맛있는 물이란 바로 이런 물을 두고 하는 말이 아닐까. 달그락, 컵에 든 얼음이 소리를 냈다. 아직 쌀쌀한 봄날 밤인데 얼음물을 마시고 감동하다니······. 그래도 오늘은 날이 따뜻했다. 물을 다 마시자 조금은 차분해졌다.

"저는 이 가게의 마스터입니다만, 오늘 우리 직원이 실례가 많았습니다."

그 말에 나는 어리둥절했다.

"우리 직원이요……?"

드디어 말이 나왔다.

"네. 우리 직원이 여길 가르쳐줬죠?"

그때, 어디선가 고양이 두 마리가 나타나 테이블 위에 폴짝 올라왔다.

한 마리는 귀가 크고 호리호리한 이국적인 생김새다. 고양이를 좋아하는 사람이면 잘 알 텐데, 아마도 '싱가퓨라'라는 종일 것이다. 다른 한 마리는 까맣고 하얀 '턱시도' 고양이로, 가면을 쓴 것처럼 정수리에서 까만 털이 좌우로 갈렸다. 싱가퓨라는 부리부리 아름다운 초록빛 눈이고, 턱시도는 잿빛에 눈초리가 살짝 치켜 올라갔다. 두 마리는 평범한 크기의 고양이였다.

"미즈키 선생님, 잘 찾아왔네."

싱가퓨라가 말했다. 이미 거대한 고양이가 말하는 것까지 봤으니 보통 크기의 고양이가 말하는 것은 그렇게 놀랄 일은 아니다……. 아니, 그래도 놀라웠다.

"……어?"

이어서 턱시도가 야무진 눈초리로 인사했다.

"세리카와 선생님, 아까는 실례가 많았습니다."

그들의 모습에서 호텔 카페에서 만났던 두 남성의 모습이 떠올라, 나는 눈을 동그랗게 떴다.

"혹시 아까 그……? 요괴 고양이였어요?"

무심코 묻자, 고양이 세 마리가 얼굴을 마주 보더니 하하하 웃었다.

"인간 모습으로 변할 순 있지만, 요괴 고양이는 아닙니다."

"맞아, 너무하네."

턱시도와 싱가퓨라가 툴툴댔다. 나는 너무 긴장한 나머지 얼굴이 화끈 달아오르는 듯했다. 그리고 일단은 미안하다고 사과했다.

"여기 '보름달 커피점'은 고양이 커피점인가요?"

나는 숨죽여 물었다. 고양이 커피점이라니. 내가 말해놓고도 동화 같은 판타지라 헛웃음이 나왔다. 나도 모르게 잠들어서 꿈을 꾸는지도 모른다. 아니, 이건 꿈일 수밖에 없다. 그래, 이건 꿈이다. 그렇게 생각하자 몸에서 힘이 빠졌다. 내 물음에 세 마리가 다시 얼굴을 마주 보더니, 불분명하게 고개를 끄덕였다.

"일단은 그런 걸까요."

턱시도가 대답했고, 이어서 싱가퓨라가 귀 뒤를 긁으며 말했다.

"이것도 가장한 모습이지만."

내가 "뭐?" 하고 반응하는데, 턱시도가 으흠 헛기침을 했다. 싱가퓨라가 허둥거리며 손으로 입을 막았다. 이어서 삼색 고양이 마스터가 격식을 차려 가슴에 손을 댔다.

"'보름달 커피점'에는 정해진 장소가 없습니다. 그때그때 자주 다니는 상점가나 종착역, 한적한 강변으로 장소를 바꿔가며 마음이 가는 대로 나타난답니다. 또한 우리 가게는 손님에게 주문을 받지 않아요."

마스터가 가슴에 손을 댄 채 우아하게 고개를 숙였다.

"내가 원하는 메뉴를 주문할 수 없다고요?"

마스터가 그렇다고 대답했다.

"아까 계셨던 어르신은 커피를 드셨는데, 그것도 그분이 주문한 메뉴가 아니에요?"

"그렇습니다."

"저도 커피를 주문하려고 했는데……."

그러자 마스터가 미안하다는 듯이 눈을 가늘게 떴다.

"우리 가게의 커피는 신맛과 단맛을 전부 곱씹고 만끽한 '어른'에게 주로 제공합니다. 아가씨에게는 아직 일러요."

후후 웃는 마스터를 보고 나는 눈을 동그랗게 떴다.

"아, 아가씨? 벌써 마흔인데요?"

"마흔 살은 행성기行星期로 말하면 '화성기'죠. 그러니, 아직 아가씨입니다."

어리둥절해서 얼빠진 소리가 저절로 나왔다.

"화성기라뇨?"

"이 지구와 함께 있는 태양계 행성을 아십니까?"

그야 당연히 아니까 고개를 끄덕였다.

"그러니까 수성, 금성, 화성, 목성, 토성, 천왕성, 해왕성, 명왕성 말이죠?"

어렸을 때 '수금지화목토천해명'으로 외웠다. 아, 최근 들어 명왕성은 제외됐다는 말도 들은 것 같은데……. 마스터가 그렇다면서 검지 같은 작은 손가락을 착 세웠다.

"연령역年齡域은 지구를 제외한 태양계 행성에 달과 태양을 더해 달, 수성, 금성, 태양, 화성, 목성, 토성, 천왕성, 해왕성, 명왕성입니다."

이어서 마스터는 행성기와 연령역을 설명하기 시작했다.

먼저 달.

달은 태어난 순간부터 일곱 살까지의 기간이다.

이 기간에 사람은 '감각', '감성', '마음'을 키운다.

다음으로 수성.

수성기는 여덟 살부터 열다섯 살.

아직 미숙하지만 처음으로 사회 안에서 다양한 것을 배우는 시기다.

인간 세계에서는 학교에 해당하겠지요, 마스터가 말했다.

이어서 금성.

금성기는 열여섯 살부터 스물다섯 살.

수성기의 배움에 더해 '자신을 꾸미기', '즐거움 찾기', 그리고 '사랑'을 배우는 시기.

금성은 취미, 오락, 연애를 의미한다고 한다.

고등학교 입학 전에 금성기가 시작하니까 말이 된다고 생각했다.

태양.

태양기는 스물여섯 살부터 서른다섯 살.

수성기의 배움과 금성기의 즐거움을 겪고 드디어 '자기 발로 인생을 걷게 된다'는 의미라고 한다.

"지금 당신은 서른여섯 살부터 마흔다섯 살까지인 '화성기'

죠. 다양한 배움을 자기 것으로 삼아 드디어 능력을 발휘하는 시기입니다."

"듣고 보니 그 나이를 가리켜 '한창 일할 때'라고 하죠……."

망설이면서도 나는 맞장구를 쳤다.

마스터는 설명을 이어갔다.

목성기는 마흔여섯 살부터 쉰다섯 살,

토성기는 쉰여섯 살부터 일흔 살,

천왕성기는 일흔한 살부터 여든네 살,

해왕성기는 여든다섯 살부터 죽음에 이르기 전까지,

명왕성기는 죽는 그 순간을 의미한다고 했다.

"그러니 '화성기'는 점성학으로 말하면 드디어 '성인'으로서 자립하는 시기죠. 그러니 아직 아가씨입니다."

또 아가씨라고 불려서 볼이 빨개졌다. 마스터는 그러나, 하고 말했다.

"달, 수성, 금성, 태양기를 제때 제대로 거치지 못하면 다음으로 나아가지 못하기도 해요."

"제대로 거치지 못했다는 게 무슨 뜻이죠?"

적극적으로 물었는데, 마스터가 웃으면서 진정하라고 손을 내밀었다.

"그보다 배고프지 않으세요?"

그 말을 듣자 갑자기 배가 고팠다. 생각해 보니 낮에 라면을 먹은 후로 아무것도 안 먹었다. 꿈인데 왜 이런 것만 묘하게 현실적일까?

은은하게 퍼지는 달콤한 냄새가 코를 간질였다. 고개를 들자, 마스터가 든 쟁반 위에 팬케이크가 있었다.

"우리 가게가 자랑하는 '보름달 버터 팬케이크'입니다."

삼색 고양이 마스터가 자랑스레 테이블 위에 팬케이크와 홍차를 놓았다. 하얀 접시에 동그란 팬케이크 여러 장이 쌓여 있었고, 그 위에 동그란 버터가 올라갔다.

"오늘처럼 보름달이 뜬 밤에 딱인 인기 메뉴야."

"별 시럽을 뿌려 드세요."

싱가퓨라와 턱시도가 말했다. 나는 그들 말대로 버터 위에 시럽을 뿌렸다. 이름대로 반짝반짝 금색 은색으로 빛을 내뿜는 별 시럽이 동그란 버터 위로 떨어지면서 팬케이크를 적셨다.

"……잘 먹겠습니다."

나는 어색하게 고개를 숙이고 포크를 들었다. 은색으로 반짝이는 포크와 나이프는 얼마나 잘 닦였는지 거울처럼 번쩍번쩍했다. 팬케이크를 한입 크기로 잘라 입에 넣었다.

폭신폭신 부드러운 단맛에 버터의 진한 향과 별 시럽의 상큼함이 입안 가득 채웠다. 그리우면서도 처음 먹어보는 것 같은 맛이다. 내가 지금 가장 먹고 싶었던 게 바로 이거야, 속으로 생각했다.

"맛있어!"

마치 팬케이크를 생전 처음 먹는 것처럼 맛있게 느껴졌다. 그래, 이 감동은, 어쩌면 어린 시절에 처음으로 팬케이크를 먹었을 때 느낀 감정과 비슷할지도 모른다.

나를 보고 마스터와 싱가퓨라가 기쁘게 웃었다. 한편, 턱시도는 여전히 표정이 냉랭했다. 그래도 기쁜지 꼬리가 바짝 섰다.

나는 잔을 들었다. 홍차는 스트레이트였다.

마셔보니 너무 진하거나 떫지 않으면서 홍차 본연의 맛이 잘 느껴졌다. 따스함이 목을 지나 몸 안으로 들어가자 무언가가 몸 전체로 사르륵 퍼지는 느낌이 났다.

"이 홍차도 맛있어요."

"홍차에는 보름달 뜬 밤에 딴 찻잎을 씁니다. '해방' 에너지를 지녔죠."

마스터가 설명했다.

"해방이요?"

"네, 보름달에는 '놓아버리는' 힘이 있어요. 후회나 질투, 집착 같은 부정적인 감정도 포함하죠."

후회, 질투, 집착이라.

나는 한 모금 더 홍차를 마셨다. 내가 놓아버리고 싶은 것은 그것만이 아니다. 타인의 시선에 예민한 마음, 평가받는 것에 대한 두려움, 현실을 피하고 싶은 비겁함.

"······그런 걸 정말 놓을 수 있으면 좋겠다."

가만히 중얼거렸는데, 눈물이 주르륵 흘러내렸다. 나는 허둥지둥 눈물을 닦았다.

"신경 쓰지 마세요. 여기엔 '고양이'뿐이니까요."

턱시도가 천연덕스럽게 말해서 나는 무심코 웃었다. 마스터가 따스한 눈빛으로 나를 바라보았다.

"지금껏 한 번이라도 시원하게 울어본 적 없지요? 힘들고 괴로울 때는 제대로 울어야 해요. 물은 모든 것을 흘려보내는 작용이 있습니다."

생각해보면 지금까지 그토록 힘들었어도 울지 않았다. 나는 그저 겁에 질려 숨을 죽이고 어딘가로 숨기에 바빴다. 운다는 것 자체를 잊고 살았다. 지금 뺨을 타고 흐르는 눈물이 참 따듯했다. 턱 끝에서 떨어진 눈물이 마치 별 시럽처럼 반짝였다.

"흑······."

나는 지금까지 꾹꾹 눌러온 괴로운 기억을 전부 토해내듯이 눈물을 흘렸다. 한바탕 울다가 고개를 들자, 마스터가 곁에 없었다. 싱가퓨라와 턱시도도 없었다. 주위를 두리번대다 뒤를 돌아보니 '보름달 커피점' 안에 세 마리가 있었다. 내 시선을 알아차렸는지 그들이 고개를 끄덕였다.

'편하게 계세요.'

그들의 속삭임이 들린 것 같다. 나도 인사를 하고 테이블로 시선을 돌렸다. 팬케이크는 아직 따뜻했고, 보름달 버터가 걸쭉하게 녹아 스펀지에 스며들었다.

다시 포크와 나이프를 들고 마저 팬케이크를 먹었다. 어디선가 조용한 피아노 선율이 들렸다.

베토벤의 피아노 소나타 8번 〈비창〉이다.

〈비창〉이라는 제목에서는 슬픔이 느껴지지만, 이렇게 들으니까 아주 다정한 곡이다.

강변을 느릿느릿 걷다가 발을 멈추고 달을 구경하는 듯이 여유로운 박자로 시작해, 밤 벚꽃을 보며 지나간 한때를 추억하는 것만 같은⋯⋯.

과거에 즐거운 일만 있었던 것은 아니다. 정말 많은 일이 있었다. 그때를 떠올리면 여전히 가슴이 아프지만, 그 괴로움은 전부 지나간 일이다. 슬프지만 환희 가득한 '비창'이다.

"어쩌면 〈비창〉은 상처받은 마음을 달래주는 곡이 아닐까……"

나는 조용히 혼잣말하며 잔을 쥐었다. 환한 보름 달빛이 강물을 비췄다.

4

"홍차를 더 드시겠어요? 우유를 넣어 드셔도 맛있습니다."

그 말에 멍하니 가모강을 바라보던 나는 정신을 차렸다. 삼색 고양이 마스터가 둥그렇게 생긴 은색 홍차 포트를 들고 옆에 서 있었다.

"고마워요. 더 마실게요."

나는 기쁘게 잔을 내밀었다. 마스터는 잔에 홍차를 따르고, 하얀 도자기로 바꿔 들어 우유를 부었다.

"이건 은하수에서 퍼온 별 우유입니다."

마스터가 별 가득한 하늘을 올려다보았다. 은하수까지 또렷하게 보였다. 그리스 신화에서 은하수는 우유로 비유된다. 호박색 홍차에 우유가 들어가자 금세 말간 유백색으로 변했다.

잘 먹겠습니다. 나는 잔을 들어 한 모금 마셨다. 스트레이트 홍차와 달리 맛이 부드러워서 저절로 눈웃음이 났다.

"홍차에 우유만 섞었을 뿐인데 맛이 전혀 달라지네요……."

내가 감상을 말하자 마스터가 그렇다며 웃었다.

"아까 마스터가 말한 달이랑 수성, 금성 이야기요……. 그것도 홍차와 비슷한 것 같아요."

"비슷하다고요?"

"네. 처음에는 물이었는데 뜨거운 물이 되고, 찻잎을 넣으면 홍차가 되고 우유를 부으면 밀크티가 되고……."

한마디 한마디 곱씹듯이 이야기하자 마스터가 소리 내어 웃었다.

"역시 작가 선생님이라 표현력이 대단하시네요."

"무슨 말씀이세요. 그냥 실없는 소리예요."

부끄러워서 뺨이 달아올랐다.

"그래도 이해하기 쉬운 표현입니다. 처음 시작은 물이어도 그 후의 경험에 따라 전혀 달라지는 법이니까요."

그 말을 듣고 문득 의문이 생겨서 마스터를 보았다.

"아까 마스터가 말한 '제대로 거치지 못했다'라는 거, 무슨 뜻이죠?"

'달, 수성, 금성, 태양기를 제대로 거치지 못하면 다음으로 나아가지 못하기도 해요.'

마스터는 분명 그렇게 말했다.

"아, 그 말이 생각나셨군요."

마스터가 내 맞은편 의자를 가리켰다.

"잠깐 앉아도 될까요?"

흔쾌히 "그럼요"라고 하자 마스터가 의자에 앉았다. 거대한 고양이 마스터에게 인간 크기에 맞는 의자는 조금 불편해 보였다.

"시기마다 필요한 배움이 있습니다. 그걸 제대로 학습하지 못하면, 보충 수업이 필요해요."

마스터의 말을 잘 이해하지 못해 나는 "흐음" 하고 숨을 내쉬었다.

"이를테면 달 시기, 즉 유년기에 부모와의 관계가 제대로 형성되지 못하면 20대 중반인 태양기에 부모와 크게 부딪힐 수 있고, 학창 시절을 가리키는 수성기에 학문을 제대로 닦지 않으면 화성기에 배워야 할 것이 많아진다는 뜻입니다."

부모에게 무조건 순종하며 자란 사람은 어른이 된 후에 마치 뒤늦게 반항기가 찾아온 것처럼 부모와 반목할 때가 있다.

예전에 대담을 나눈 대기업 사장이 했던 말이 떠올랐다. 그는 학창 시절에 공부를 전혀 안 했다. 고등학교에도 진학하지 않고 회사를 차렸다. 그런데 사업이 성공을 거둘수록 배워야할 것이 끝도 없어서 아주 고생했다고 했다.

"사람에게는 언젠가 제대로 공부해야 할 때가 오는 법입니다" 하며 호탕하게 웃는 모습이 오래 인상에 남았다.

무슨 말인지 이해하고 고개를 끄덕이자, 턱시도가 테이블에 올라와 말했다.

"그런 점에서 세리카와 선생님은 달 시기와 수성기를 잘 보냈죠."

나는 둘째 딸이었다. 둘째여서 다른 형제보다 비교적 자유롭게 자란 덕분에 어려서부터 부모님에게 하고 싶은 말을 다 하고 하고 싶은 대로 하며 살았다. 눈치도 빠르고, 칭찬받기 좋아해서 공부도 열심히 했다. "우리 미즈키는 커서 학교 선생님 하면 좋겠다"라고 부모님이 이야기했을 때는 기뻤다. 나의 꿈도 선생님이었으니깐.

곧이어 싱가푸라도 오더니, 마찬가지로 테이블에 올라와 배를 깔고 턱을 괬다.

"하지만 금성기는 연애보다 취미에 집중하지 않았어?"

폐부를 꿰뚫은 듯 예리한 지적에 나는 윽 하고 몸을 움츠렸다. 싱가퓨라 말대로 금성기인 열여섯 살부터 스물다섯 살 사이에 연애보다 취미에 푹 빠져 살았다. 소설 쓰기를 좋아해서 문예 동아리에 들어가 동인지를 만들었고, 아르바이트해서 번 돈으로 좋아하는 배우의 연극을 열심히 보러 다녔다.

실제 연애보다 창작물 속 연애에 푹 빠졌던 나는 대학 4학년이 되어서야 처음으로 연애를 했다. 취직이 결정된 동기들끼리 모인 술자리에서 그와 만났다. 마침 애인이 없는 사람이 나와 그 둘뿐이어서 "너희 사귀지 그러냐?"라며 다들 장난으로 부추겼다. 그때는 우리 둘 다 곤란해서 쓴웃음만 지었는데, 이것도 인연이다 싶어서 나중에 둘이서 영화를 보러 갔다.

그는 딱히 호감 가는 외모는 아니었다. 그래도 취미가 비슷하고, 그냥저냥 평범한 사람이어서 같이 있으면 긴장하지 않아도 되어서 편했다. 자연스레 우리 둘은 사귀기 시작했다. 6년간 사귀다가 그가 내게 청혼을 했다. "슬슬 결혼해서 자리 잡아야지" 하며 주변에서 결혼을 부추겼던 듯싶다. 당시 나는 시나리오 작가로 한창 일할 때라 청혼을 받아들일 수 없었다. 결국 우리는 헤어졌다.

그 후, 지방 방송국 AD로 일하는 연하 남자와 가까워져서 사귀기 시작했다. 그와 약 10년을 만났다. 그사이 그는 성공 가도를 달렸고, 나는 점점 나락으로 굴러떨어졌다. 어느 순간부터 만날 때마다 나는 그에게 결혼 이야기를 조금씩 내비쳤고, 그는 지겨워하는 눈치였다. 점점 연락이 뜸해졌고, 마지막으로 그가 한 말에 큰 충격을 받았다.

"나 결혼해."

내가 애인인데 결혼한다니 무슨 소리지? 하하하, 하도 어이가 없어 웃음만 나왔다.

풀이 죽은 내게 턱시도가 냉정하게 말했다.

"연애도 제대로 마주하지 않으면 그런 결과가 나오는 법입니다. 모든 일은 스스로 초래한 결과예요."

확실히 그와 사귀던 후반에 내 눈에는 오로지 나만 보였다. 아니, 안 보려고 했다. 그의 마음이 내게서 떠나는 것을 모르는 척하고 싶었으니까. 눈물이 고였다.

"앗, 아저씨, 선생님을 괴롭히지 마!"

싱가퓨라가 비난하자, 턱시도가 어쩔 줄 모르며 얼굴을 찡그렸다.

"나는 괴롭히려던 게……"

"하여간 말이 심하다니까. 미안해, 선생님. 거기 엄격한 아저씨는 사죄하는 마음으로 비장의 디저트를 준비해 와."

"……그러지."

턱시도가 테이블에서 내려가 가게로 들어갔다. 턱시도가 딱히 날 괴롭힌 것은 아니지만, 비장의 디저트라니 기대됐다. 그때 마스터가 내 등을 가볍게 다독였다.

"당신은 달 시기를 즐겁게 보냈고, 수성기에는 배움에 힘썼고, 금성기에는 오락을 즐겼죠. 덕분에 태양기에 들어 찬란하게 빛났습니다."

태양기, 스물여섯 살부터 서른다섯 살은 분명 내 황금기다. 세상 전부를 손 안에 쥔 기분까지 들었다.

"그런데 지금은 왜……."

거기까지 말하다가 괴로워서 말이 안 나왔다. 마스터가 작게 한숨을 쉬었다.

"어쩌면 태양기에 스스로 내뿜는 빛에 눈이 멀어 그때 습득해야 할 것들을 제대로 배우지 못했을지도 모르죠."

"맞아. 애초에 선생님은 말이야, 자기 작품이 왜 인기 있는지 이해도 못 하고 일했지?"

싱가푸라가 끼어들었다. 또 핵심을 찌르는 말이어서 내가 움찔하자, 마스터가 웃었다.

"당신은 지금 보충 수업하는 시기예요. 그런데 배워야 할 것에서 눈을 돌리고 있죠."

뭐라 할 말이 없었다. 보충 수업이 뭔지는 잘 모르겠으나, 지금 내가 현실을 회피하려는 건 사실이다.

"보충 수업은 어떻게 하면 되나요?"

고개를 들어 고양이들을 보았다.

"먼저 자기 자신을 알아야지."

싱가퓨라가 히죽 웃었다.

자기 자신을 알다니. 말로는 간단해도 실천하긴 어렵다. 그러자 마스터가 주머니에서 회중시계를 꺼냈다.

"그럼 제가 한번, '네이탈 차트natal chart'를 봐드려도 될까요? 당신의 '출생 천궁도'입니다."

출생 천궁도라는 말의 뜻이 뭔지 모르겠다. 나는 미간을 살짝 찌푸렸다.

"저는 '보름달 커피점'의 마스터인 동시에 '별점술사'이기도 합니다."

"별점술사라면, 점성술 말인가요?"

"그렇습니다."

별점이라. 어깨를 움츠렸다. 나는 하루만 늦게 태어났어도 양자리가 될 뻔한, 아슬아슬한 물고기자리다. 그래서인지 별점을 봐도 딱히 맞는 것 같지 않다.

"선생님, 내키지 않는 표정이네. 왜 그래?"

싱가퓨라가 내 얼굴을 살폈다.

"별점은 별로 안 맞는 것 같아서⋯⋯."

내가 머뭇거리자 마스터와 싱가퓨라가 또 얼굴을 마주 보더니 웃었다.

"선생님. 우리 마스터가 보는 건 일반적인 별점과는 조금 달라."

"별점술사라면서 별점은 아니라고요?"

마스터가 그렇다고 대답했다.

"당신이 말하는 건 아마도 태양궁 별자리 별점이겠죠?"

"그, 그렇겠죠?"

나는 잘 몰라서 어설프게 반응했다.

"그건 다양한 별점 중 하나에 불과해요. 별점술사는 출생 천궁도에 기초해 그 사람의 '레코드'를 읽어 풀이합니다."

"레코드요?"

뭔지 이해하지 못하는 내게 마스터가 "다시 여쭐게요" 하고 물었다.

"당신의 출생 천궁도를 함께 봐도 괜찮을까요?"

"아, 네. 괜찮아요."

그럼, 하며 마스터가 회중시계를 내 이마에 댄 후, 뚜껑을 열었다. 안을 보니 시계가 아니라 서양 점성술에서 흔히 보는 호로스코프, 천궁도였다. 마스터가 태엽 꼭지를 누르자, 표면이 눈부시게 빛나더니 밤하늘에 거대한 천궁도가 떠올랐다.

"이게 당신의 출생 천궁도입니다."

마스터가 천궁도를 올려다보며 말했다.

"어쩜."

자연히 감탄사가 나왔다. 밤하늘에 투영된 거대한 천궁도에 압도됐다. 마침 시선보다 조금 위여서 고개가 아프지도 않았다.

"이걸로 뭘 알 수 있어요?"

"당신의 전부요."

전부라니? 내 눈이 커졌다. 반사적으로 '그럴 리 없잖아' 하는 반발감이 일었다. 내 마음을 꿰뚫어 봤는지 마스터가 눈부신 듯이 천궁도를 바라보며 눈을 가늘게 떴다.

"서양 점성술의 기원은 기원전 2000년 바빌로니아라고 합니다. 지금으로부터 약 4000년 전에 이미 사람들은 별의 밝기나 위치, 운행 등을 보고 개인과 국가의 길흉을 점쳤던 셈이죠."

"그렇게 오래됐다니……."

"네. 고리타분하다 생각하시겠지만, 4000년 전에 살던 인간과 현대를 사는 인간은 정보의 양에 차이는 있어도 창조성이나 사고력에는 큰 차이가 없습니다. 인류가 쌓아올린 지식은 대단합니다. 지식을 결집한 결과, 현대에 이르러서는 우주에도 갈 수 있게 되었죠?"

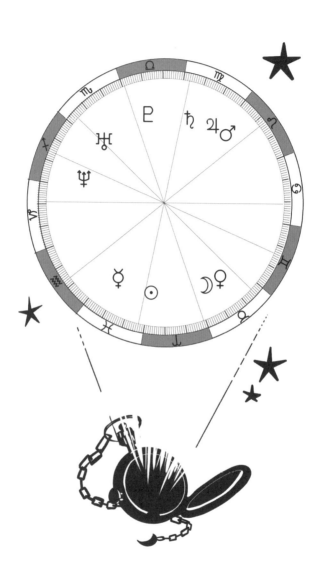

차분하게 묻는 마스터를 보며, 나는 그건 그렇다고 수긍했다.

"한편 옛사람들은 우주에 갈 수 있을 지식을 전부 '점성술'에 퍼부었습니다. 그건 단순히 '점'이 아니라 학문, 다시 말해 '과학'이었죠. 점성술은 사람을 직접 우주로 데려가주지는 못하지만, 우주의 지식을 빌려 과거와 미래를 통찰할 수 있도록 해주는 나침반입니다."

나침반……. 나는 조용히 그 말을 반복했다.

"출생 천궁도는 당신의 기본 데이터죠. 아까 당신은 인생을 홍차로 비유했죠? 물이 따뜻한 물이 되고, 찻잎을 넣으면 홍차가 된다고요."

"아, 네."

"사람에 따라서는 첫 시작점이 '물'이 아니라 '우유'일 수 있고, 혹은 전혀 다른 것일 수도 있어요. 예를 들어 '흙'이라거나."

마스터가 설명하자 싱가퓨라가 "오호" 하고 끼어들었다.

"흙이 점토가 되고 나중에는 건물이 될 수도 있겠네."

마스터가 천궁도를 올려다보았다.

"이 출생 천궁도는 당신이 물인지 우유인지, 아니면 흙인지 알려줍니다."

마스터의 적절한 비유 덕분에 곧바로 이해했다.

"그러니까 자기 속성을 알 수 있다는 거네요."

싱가퓨라가 그렇다면서 검지를 세웠다.

"속성을 알면, '흙'이 '밀크티'가 되고 싶다고 노력해도 애초에 무리인 걸 알 수 있지."

극단적인 예시가 재미있어서 나도 모르게 웃음이 나왔다.

"하긴, 그건 불가능하네요."

"네, 그런 겁니다."

마스터가 진지하게 말했다.

"그럼 다시 출생 천궁도를 봐주세요."

나는 시키는 대로 천궁도를 보았다.

"형태는 동그랗고, 시계처럼 총 열두 개의 칸, 즉 하우스로 나뉘어 있지요?"

"네."

"이번에는 사람의 인생을 식물로 비유해보죠. 여기 윗부분이 땅 위이고 아랫부분이 땅속, 뿌리 부분입니다."

"아아, 네."

"뿌리가 잘 내릴 수 있도록 환경이 갖춰지면 아름다운 꽃을 피울 수 있죠. 만약 지금 꽃이 제대로 피지 않는다면, 땅속 뿌리 상태가 어떤지를 점검해봐야 합니다."

마스터가 설명하자. 천궁도 아랫부분이 은은하게 빛났다.

"천궁도는 꼭대기가 남이고 아래가 북. 정면에서 봤을 때 왼쪽이 동, 오른쪽이 서입니다. 태양이 뜨는 동쪽 끝에서부터 제1하우스가 시작해요. 제1하우스는 정체성을 의미합니다."

이번에는 제1하우스가 은은하게 반짝였다.

"저게 나 자신……."

설명을 들어도 행성 기호가 없으니 잘 이해되지 않았다.

"당신의 제1하우스의 별자리는 양자리로 시작하네요."

& 부호를 옆으로 눕힌 것 비슷하게 생긴 부호가 양자리인가 보다.

"양자리는 매사 상식적이고 성실하고 근면합니다. 또 비뚤어진 걸 싫어하죠. 야심가인 점도 출생 천궁도에서 암시해주네요."

으윽, 숨이 막혔다. 확실히 나는 그런 면이 있다.

"그런데 말이야" 하며 싱가퓨라가 천궁도를 가리켰다.

"도중에 물병자리가 들어가지?"

가리키는 쪽을 보니 &를 옆으로 눕힌 부호 아래쪽에 물결 두 개가 겹친 부호가 있었다. 저게 물병자리인가 보다.

"도중에 물병자리 요소도 들어오는 거야. 침착하게 정보를 모으고 분석하는 능력도 갖췄다는 거지."

아하, 무슨 말인지 알겠다. 그러자 마스터가 짧은 손가락으로 물결 두 개를 그렸다.

"물병자리 부호는 전파와도 비슷하죠?"

듣고 보니 전파 파동 모양처럼 보이기도 한다.

"물병자리는 매스컴이나 인터넷과 관련한 일과 연관이 있어요. 당신은 어린 시절에 교사가 되고 싶다고 생각해서 그 길을 걸었으나, 결과적으로 시나리오 일을 선택했죠. 양자리에서 물병자리로 바뀌는 것에서 영향을 받았을지도 몰라요."

거기까지 듣자 왠지 등줄기가 오싹해졌다. 뭐든지 다 꿰뚫어 보는 것 같아서 겁이 났다.

"이렇게 됐으니 물병자리에 관해 설명해보죠. 지금 당신들에게 아주 중요하니까요."

마스터는 '지금 당신'이 아니라 '지금 당신들'이라고 말했다. 그건 무슨 뜻일까?

"당신들이라뇨?"

"지금 이 시대를 사는 모든 사람을 말합니다."

갑자기 이야기가 거창해지는 것 같아 눈을 크게 뜨고 바라보았다.

5

"얼마 전까지는 '물고기자리 시대'였는데 지금은 '물병자리 시대'로 바뀌었습니다."

무슨 의미인지 몰라 고개를 갸웃거렸다.

"물고기자리 시대에서 물병자리 시대로요?"

"그래요."

마스터가 회중시계처럼 생긴 기계의 태엽 꼭지를 눌렀다.

"별점술사 사이에서는 지구의 세차운동*으로 인해 춘분점이 물고기자리에서 물병자리로 바뀌는 것을 의미합니다만."

이번에는 천궁도 옆에 물고기 두 마리가 끈으로 연결된 그림

---

* 세차운동은 자전하는 물체의 회전축이 원을 그리며 움직이는 현상으로, 쉽게 볼 수 있는 예시는 팽이가 원을 그리며 도는 모습이다. 지구도 자전축을 중심으로 자전하고 태양과 달의 인력에 영향을 받아 세차운동이 일어난다.

이 표시됐다. 물고기자리다.

"물고기자리 시대는 예수 그리스도가 태어난 해를 기원으로 서력, 즉 기원후 2000년 정도까지라고 합니다."

"거의 2000년이나 물고기자리 시대였네요?"

내가 깜짝 놀라 묻자 싱가퓨라가 "맞아" 하며 당연하다는 듯이 대꾸했다.

"그렇고말고. 그리고 앞으로 약 2000년은 물병자리 시대야."

"헉."

내 입에서 맹한 소리가 나왔다. 마스터가 재미있다는 듯이 웃었다.

"그러니 당신들에게 '물병자리'는 떼려야 뗄 수 없는 인연인 별자리입니다."

죽을 때까지 물병자리 시대라는 소리다. 어쩌면 다시 태어나도 물병자리 시대일지도 모른다.

"물고기자리 시대는, 물고기 두 마리가 상징하듯이 양면성과 대립의 시대입니다. 지배적인 계급사회, 학력사회라고도 하지요. 이 표현에서 알 수 있듯이 신분사회의 최정점을 향해 모두 한 방향으로 열심히 헤엄치는 것이 물고기자리 시대의 특징입니다."

그렇다. 사실 우리 모두가 소위 명문대에 입학하고 대기업에 취직하는 게 인생의 목표 아니었던가.

"지금은 다른가요?"

싱가퓨라가 씁쓸하게 웃으며 머리를 긁었다.

"아니야, 아직은 조금 영향이 남았어. 2000년이나 이어진 시대니까 물병자리로 바뀌어도 곧바로 달라질 순 없지."

마스터가 그 말이 맞는다며 동의했다.

"다음 시대로 바뀌어도 전 시대의 흔적이 금방 사라지진 않아요. 십수 년 이상은 영향을 받습니다. 그런 식으로 천천히 다음 시대로 바통터치하는 셈이죠."

바통터치라, 나는 싱긋 웃었다.

"물병자리는 어떤 시대가 될까요?"

마스터가 대답하려는데, 테이블에 앉아 있던 싱가퓨라가 말을 막으려는 듯이 벌떡 일어나더니 자기 가슴에 손을 댔다.

"물병자리 설명은 나 우라노스˚ 님한테 맡겨줘."

싱가퓨라의 이름은 우라노스인가 보다. 이름이 특이하다.

"물병자리의 주제는 먼저 혁명이야."

"혁명······."

"그래, 전 시대로부터 내려온 가치관을 쇄신하려고 해. 그 결과 끔찍한 천재나 인재가 벌어지기도 해. 안타깝지만 피할

---

* 그리스 신화에 나오는 하늘의 신

수 없는 우주의 원리 비슷한 거야."

그러고 보면 물병자리 시대에 들어선 후부터 지금까지 과거에는 상상도 못 했던 각종 자연재해나 무시무시한 사건들이 벌어지고 있다.

"하지만 아무리 우주의 원리라도 천재나 인재가 일어나는 건 너무해……."

나도 모르게 그런 말이 튀어나왔다. 싱가퓨라는 마치 자기 잘못을 지적받은 것처럼 시무룩해졌다. 그러자 마스터가 조금 미안한 표정을 지으며 말을 보탰다.

"혁명의 결과는 우주가 아닌, 인간의 몫입니다."

"인간의 몫이라고요?"

나는 미간을 찡그리고 되물었다. 싱가퓨라가 살짝 의기소침하게 말했다.

"으음, 혁명은 기말시험 같은 거야. 그때까지 한 게 결과로 나타난달까……."

내가 교사였으니까 든 예시겠지만 바로 이해가 되지 않아 묘한 표정으로 고개를 갸웃거렸다. 내 표정을 보고 마스터가 웃었다.

"프랑스 혁명을 예로 들면, 왕실과 국민의 관계가 양호했다면 혁명이 그렇게 잔혹한 방식으로 진행되지는 않았겠죠. 요

사이 벌어진 혁명도. 인간들이 지금까지 외면하고 방관했던 '결과'가 혁명에 이르러 단숨에 터진 것이지 우주가 그렇게 시킨 것은 아닙니다. 만약 한 사람 한 사람이 모든 일에 진심을 담아 마주하고 유연한 사고를 거쳐 행동할 수 있다면, 안정적인 혁명을 맞이할 수도 있었죠."

마스터가 무슨 말을 하려는지 알겠다. 그건 분명 이상적이다. 하지만……

"그건 불가능해요."

무심코 말하자, 마스터가 씁쓸한 표정으로 수긍했고, 싱가퓨라는 머리를 긁적였다.

"그러니까 혁명 시기엔 항상 뒤통수를 얻어맞는 사건이 벌어져. 예상했던 결과가 아니니 차라리 그 이전으로 돌아가는 게 낫겠다 싶지만 되돌릴 수 없는거지. 이미 전쟁은 일어났는데 어떻게 전쟁 전의 삶을 살 수 있겠어."

전쟁이 끝난 후에는 좋든 싫든 새로운 세상이 시작될 수밖에 없다. 나는 고통스러운 심정으로 이해했다.

"그렇게 사람은 새로운 가치관을 받아들이게 돼. 이 세상도 물고기자리에서 물병자리 시대로 바뀌지. '집단이 같은 목표를 갖고 정점을 향해 달리는 시대'를 졸업하고 탈집단, 즉 '개개인의 시대'가 돼."

"개개인의 시대……."

"응. '개인'을 확립하기 위해서 테크놀로지, 과학기술이 발달해. 한 사람 한 사람의 발언이 무게를 지니는 시대로 바뀌어. 인터넷 발달과 더불어 SNS와 디지털 매체가 등장하면서 일반인도 얼마든지 자기 채널을 갖고 유명해질 수 있다는 게 물병자리의 특징이야."

오오, 나는 감탄했다. 설명을 듣고 생각해보니, 인플루언서라는 존재가 주목받기 시작한 시기가 2010년 전후였던 것 같다.

"개개인에게 자기 채널이 생겼다는 건 소수에게만 집중되었던 발언권이 점차 대중적으로 확대되면서 또 다른 의미의 '언론 자유의 시대'가 되었다는 뜻이야. 다만, 그러면 무질서해지는 면도 있지. 다양성을 추구하는 에너지도 강한 게 물병자리 시대의 특징이야. 너는 너, 나는 나란 거지. 물고기자리 시대에는 소위 적령기라는 말이 당연하게 여겨졌어. 일정한 나이가 되면 결혼해서 자식을 낳고 사는 걸 '옳다'고 봤지만, 물병자리 시대에는 그런 게 중요하지 않아. '개인의 선택에 따라 삶의 모습도 제각각이다'는 것을 인정하게 되지."

으흠, 이제 이해가 다 된다. 여러 나라에서 동성 결혼을 인정한 것도 물병자리 시대의 상징일지도 모르겠다.

"물병자리 시대는 테크놀로지의 상징인 동시에 스피리추얼 spiritual의 상징이기도해. 전파와 사상, 이 두 가지는 전혀 달라 보이지만 사실은 같은 병 안에 들었거든."

"전파와 사상은 같은 병 안……."

나는 싱가퓨라의 말을 반추하며 "의미심장하네" 하고 중얼 거렸다. 오라의 색*이니 전생 같은 이야기가 유행한 것도 물병 자리 시대에 와서인 듯하다.

"창조성, 평등, 박애, 자유로움과 자기다움도 물병자리 시대 의 특징이야."

에헴, 싱가퓨라가 가슴을 폈다. 그러더니 아차 싶었는지 자기 머리를 가볍게 때렸다.

"아이고, 미안. 물병자리와 나는 밀접하니까 나도 모르게 편을 들었네. 물고기자리도 나쁜 시대는 아니야. 가혹했던 만큼 거대한 포부가 있어. 물고기자리 시대는 꿈과 희망, 동경도 상징하거든. '아메리칸드림'은 물고기자리 시대다운 이야기지."

마스터가 그렇다고 하며 맞장구를 놓았다.

"'신데렐라' 같은 이야기도 물고기자리에 어울리죠."

그렇구나, 나는 손뼉을 짝 쳤다. 가난하지만 성실한 주인공

---

* 오라는 바람, 향기, 빛 등을 의미하는 라틴어 아우라에서 온 말로, 인체에서 발산하는 고유의 기운이나 분위기를 말한다. 사람의 성격이나 건강 상태, 정신력에 따라 오라의 색 채와 강도가 다르다는 이론이 있다.

이 희망을 버리지 않고 노력해 계급사회 정점에 있는 왕자님을 만나 결혼한다. 그야말로 물고기자리 시대의 상징 같은 이야기 아닌가. 사실 신데렐라풍의 이야기는 나의 전문 분야이기도 하다. 이 생각에 다다르자 눈이 저절로 크게 떠졌다.

"생각해보니까…… 내가 쓴 작품은 전부 물고기자리 시대 같은 이야기였어……."

내 말을 듣고 마스터는 미소를 지었고, 싱가퓨라는 바로 그거라고 반응했다.

"선생님 작품이 세상에 나온 건 물병자리 시대가 된 후지만, 아직 물고기자리 시대의 흔적이 짙게 남아 있던 때였지. 그때 대중은 시대의 변화를 본능적으로 느끼면서도 추억에 잠기듯이 옛 시대의 상징 같은 이야기에 몰입했어."

그래서 내 작품이 인기를 얻었다. 그러다가 물고기자리와 물병자리의 바통터치가 끝나자 대중들이 돌아선 것이다.

"그렇구나. 정말로 의미가 없네. 시대가 바뀌었으니까."

내가 자조하는 듯한 웃음을 짓던 그때였다.

"그건 아닙니다."

등 뒤에서 소리가 들려 돌아보니, 턱시도가 쟁반을 들고 서 있었다. 쟁반 위에는 물병 모양의 유리 용기가 있었다.

"행성기 이야기와 같아요."

턱시도는 테이블 위에 물병 모양의 유리그릇을 올려놓았다. 커스터드와 스펀지케이크, 과일 등을 층층이 쌓아 올린 영국식 디저트, 트라이플이었다. 유리그릇 안에 여러 층으로 겹겹이 쌓인 모양이 먹는 재미에 보는 재미도 더해 준다.

"행성기 이야기와 같다고요?"

"네, 각각의 시대를 거치며 다음 배움으로 옮겨가죠. 즉 물고기자리에서 물병자리로 옮겨갔다 해서 이전 시대의 유산을 버리는 것이 아닙니다. 물려받는 거지요. 서로 묶여있던 물고기 두 마리는 물병자리 시대가 되면 끈에서 풀려 물병 속을 자유롭게 헤엄칩니다."

유리그릇 속에 물고기 모양 젤리도 보였다. 마치 디저트 안에서 헤엄치는 것 같다.

"클래식 음악은 오랜 세월에 걸쳐 사랑받았어요. 당연히 앞으로도 사랑받겠죠. 마찬가지로 신데렐라 이야기 역시 오래오래 사랑받을 거예요."

마스터가 설명하자, 턱시도가 그렇다고 고개를 주억거렸다.

"단, 물병자리다운 표현으로 바꿔야 합니다."

어쩌면 클래식 음악도 시대별로 받아들여지는 연주를 해왔던 것 아닐까? 그들의 설명을 충분히 이해했다.

"자, 그럼 한 번 더 출생 천궁도를 보죠."

마스터가 밤하늘에 뜬 천궁도로 시선을 돌렸다.

"아까 설명했듯이 아래쪽은 땅속, 위쪽은 땅 위입니다. 일이 이상하게 안 풀린다면 땅속 뿌리 환경을 재정비해야 합니다. 제1하우스가 자신의 존재를 드러내는 '정체성'이라면, 제2하우스는 소유, 돈을 의미하는 '금전운'입니다. 여기에 수성이 들었군요."

"수성은 정보와 전달, 타이밍을 암시해."

싱가퓨라에 이어 턱시도도 입을 열었다.

"그리고 지성과 커뮤니케이션도요. 제2하우스의 별자리는 '물병자리'에서 '물고기자리'로 변하는군요. 선생님이 돈 버는 수단, 즉 업으로 선택한 교사와 시나리오 작가는 둘 다 선생님 적성에 맞는 일이었습니다. 최종적으로 작가의 길을 선택한 것도, 이미지를 형태로 만드는 재능이 있는 물고기자리의 작용이겠군요."

교사와 작가의 일은 전혀 달라 보이지만, 내 안에서는 둘 다 자연스러웠다. 그런 것을 출생 천궁도로 전부 알 수 있다니 놀라웠다.

"지금 잘 안 풀리는 이유는요?"

마스터에게 물었다.

"글쎄요, 선택한 직업은 나쁘지 않아요⋯⋯. 그렇다면 당신의 뿌리가 되는 부분을 살펴볼까요? 제4하우스는 주택이나 집, 땅을 의미해요. 그런 요소가 당신에게 어떤 영향을 주는지 알 수 있죠. 제4하우스의 별자리는 '황소자리'군요. 안에 들어 있는 행성은 '금성'과 마음을 의미하는 '달'이고요."

마스터의 말을 듣고, 싱가퓨라와 턱시도가 "역시" 하며 나란히 고개를 끄덕였다.

"어? 뭐죠? 뭐가 역시예요?"

"황소자리는 풍요, 풍부함을 상징합니다. 집으로 말하면 고급스러운 공간이죠."

마스터의 설명에 나는 고개를 끄덕였다.

"거기에 금성과 달이 있어요. 당신은 스스로 멋지다고 여기는 공간에 있어야만 일에서 좋은 성과를 낼 수 있어요. 마음에 안 드는 공간에서는 기분이 우울해져서 점점 위축되는 것이고요. 그러니 자기 자신을 위해서라도 일부러 멋진 집에 살아야 하는 사람이에요."

두근두근, 심장이 크게 뛰었다. 시청률을 내지 못해 일을 내팽개치고 도망쳐서 수입도 끊겼을 때……. 그렇게 좋아하던 집을 어쩔 수 없이 팔고 집세가 싼 지금 집으로 이사했다.

"하, 하지만 전에 살던 집에서는 살 수 없었는걸요! 게다가 지금 상황에서 이사는 도저히 무리예요!"

나는 고개를 푹 숙이고, 무릎 위에 주먹을 움켜쥔 채 외쳤다. 원래 살던 집에서 나오고 싶어서 나온 게 아니다. 남의 사정도 모르면서 그렇게 말하지 말란 말이다. 그런데 싱가퓨라가 "정말로 그래?"라고 물으며 팔짱을 꼈다.

"나는 무슨 일이 있어도 이 집에서 살아야겠다고 각오하고 노력할 수도 있었을 텐데? 선생님, 그때는 그냥 자포자기한 거 아니야?"

더욱 매서운 말이 꽂혔다.

"……."

그래, 싱가퓨라의 말이 옳다. 나는 자포자기했다. 그때까지 쓰던 가구를 분수에 맞지 않는다며 팔아치운 이유도 그래서다. 턱시도가 위로하듯이 다정하게 나를 보았다.

"세리카와 선생님, 지금 당장 이사하라는 말이 아닙니다. 지금 사는 집에서 최대한 쾌적하게 지낼 수 있도록 변화를 주는 게 중요하다는 소리예요."

턱시도의 말에 이어 마스터도 부드럽게 달랬다.

"그래요. 옳은 말입니다. '자기 자신을 위해서 일부러 멋진 집에 살아야 하는 사람'임을 '아는' 것이 중요해요. 또 '언젠가 내 마음에 드는 집에서 살도록 노력해야지'라고 결심하는 것도요. 그게 바로 자기 자신을 이해하는 것입니다."

나는 어느새 가득 고인 눈물을 닦고, 무슨 소린지 이해했다고 대답했다. 마음에 들지 않는 집에 살며, 전부 싸구려 물건들로 만족하려고 했다. 완전히 비극의 주인공이 된 기분을 느꼈다. 일부러 시위하듯이 원하는 것을 꾹꾹 참았고, 절약한다는 핑계로 라면 같은 거나 먹었으며 그토록 좋아하던 카페에도 안 갔다. 마치 신데렐라라도 된 것처럼 매 순간 처량해지는 쪽을 택했던 듯하다.

'이렇게 살다 보면 무도회 초대장이 올지도 몰라.'

마음속 어딘가에선 그런 바람이 있었다. 그러나 현실은 달랐다. 나는 지금 할 수 있는 범위에서 최대한 쾌적하고 우아하게 지내야만 무도회로 가는 문이 열리는 사람이다. 고양이들이 하는 말이 전부 가슴 안으로 들어왔다.

"무슨 말인지 알겠어요. 나는 부모님 집에 살 적부터 내 방을 예쁘게 꾸미는 걸 좋아했거든요."

마스터가 환하게 웃었다.

"'자신을 이해하는 것'은 곧 '자신을 소중히 여기는 것'이죠. 그러면 당신이라는 별이 반짝일 것입니다."

"나라는 별?"

"사람도 모두 별이니까요."

이곳에 오기 전이라면 듣자마자 헛웃음이나 칠 소리다. 그러나 지금은 순수하게 그 말을 받아들였다.

"네."

나는 고개를 끄덕이고, 밤하늘을 올려다보며 눈을 감았다. 어린 시절, 처음으로 내 방을 가졌을 때 얼마나 가슴이 뛰었던가. 좁았지만 나름대로 최고의 공간으로 꾸몄다. 그때가 떠올랐다. 지금 사는 집도 어떻게 꾸미느냐에 따라 얼마든지 멋있어질 것이다. 그렇게 생각하자 조금 흥분됐다.

"어린 시절을 떠올리며 최대한 멋진 공간을 만들게요."

눈을 떴을 때, 마스터와 싱가퓨라는 없었다. 가게 안으로 들어갔나 보다. 턱시도만 남아 있었다. 턱시도가 빈 잔에 홍차를 따르고 부드럽게 웃었다.

"물병자리 트라이플을 천천히 맛보세요."

턱시도가 웃는 모습은 처음 봤다. 보기 드문 귀한 순간을 목격한 것 같아 가슴 벅차하며 스푼을 들었다.

"네, 잘 먹을게요."

턱시도가 가게로 돌아가려고 해서 나는 "저기요" 하고 불러 세웠다. 턱시도가 걸음을 멈추고 돌아봤다.

"당신은 이름이 뭐예요?"

"사투르누스*입니다."

---

* 로마 신화에 등장하는 농경의 신. 그리스 신화의 크로노스에 해당한다.

87

"사투르누스……."

우라노스라는 싱가퓨라의 이름만큼이나 아주 독특하고 거창한 이름이다. 어디서 들어본 이름 같은데? 턱시도는 가볍게 인사하더니 가게 안으로 사라졌다. 나는 스푼으로 트라이플을 떠먹었다.

"맛있다……."

생크림, 과일, 젤리가 제각각 자기주장을 하면서도 다투지 않고 서로서로 돋보이게 해주며 입에서 녹았다. 그야말로 물병자리다운 디저트다. 별이 가득한 밤하늘 아래에서 맛있는 디저트를 먹는다. 이토록 소중한 시간이 또 있을까.

트라이플 그릇을 말끔히 비우고 밤하늘을 올려다보았다. "아, 맛있었다." 저절로 감탄이 나올 정도로 만족스러웠다. 반짝반짝 별들이 빛났다. 그러고 보니 교사 시절, 학생들과 천체투영관에 간 적이 있다. 그때가 생각났다.

"금성이 아마 비너스*라는 이름이었지? 토성이 새턴**이고."

처음 새턴이란 이름을 들었을 땐 악마 사탄이 연상되어 오싹한 느낌이 들기도 했었다. 그러다가 천체투영관 선생님의 설명을 듣고 토성의 새턴은 로마 신화의 신 사투르누스에게서 유래한 것을 알았다.

---

* 베누스. 비너스는 영어식 표기다.
** 사투르누스. 새턴은 사투르누스의 영어식 표기다.

그렇다면 턱시도의 이름은 토성이라는 뜻이다. 나는 고개를 돌려 가게 쪽을 보았다. '보름달 커피점'은 그곳에 없었다.

6

누군가 나를 부른다. 여성의 친절한 목소리다.

"손님."

손님, 하고 조심스러운 목소리로 재차 부르는 소리에 번쩍 눈을 떴다. 휘황찬란한 샹들리에가 보였다. 동시에 까만 원피스에 하얀 앞치마를 걸친 여성이 나를 걱정스럽게 들여다보는 모습도 보였다.

"괜찮으세요?"

"아⋯⋯. 어라?"

지금 나는 편안한 소파에 반쯤 누워 있었다. 테이블 위에는 빈 커피잔이 놓여 있었다. 멍한 머리가 서서히 맑아지고, 곧 여기가 호텔 카페인 것을 깨달았다. 아무래도 잠들었나 보다.

"죄, 죄송해요. 제가⋯⋯."

허둥거리며 일어나자, 직원이 아니라고 고개를 저었다.

"커피를 리필해드릴 수 있는데 한 잔 더 하시고 가시겠어요?"

다정한 배려에 오히려 더 민망했다. 나는 괜찮다고 사양하고 도망치듯이 호텔을 떠났다.

"호텔 카페에서 졸다니, 너무 부끄러워."

호텔 밖으로 나와 잰걸음을 옮기며 혼자 중얼거렸다. 그래도 직원은 내게 다정했다. 내심 커피 한 잔 더 마시며 잠까지 깨고 나오면 좋겠다 싶었지만, 그럴 때 순순히 '네'라고 하지 못하는 점은 제1하우스의 성실한 양자리 기질 때문일까?

그런 생각을 하며 걸으니까 저절로 웃음이 나왔다. 꿈속에서 겪은 일이 나의 내면에 단단히 뿌리내렸다.

신기한 꿈이었다. 커다란 고양이 별점술사 마스터와 턱시도 사투르누스, 싱가푸라 우라노스.

"우라노스도 별 이름일까⋯⋯?"

나는 멈춰 서서 스마트폰을 꺼냈다. '우라노스, 별'이라는 키워드로 검색했다. 표시된 별 이미지는 혁명을 관장하는 별, 천왕성이었나. 그 고양이 두 마리는 토성과 천왕성의 이름을 지녔다. 놀라서 나도 모르게 하늘을 올려다보았다. 꿈속에서 본 눈부신 별하늘과 달리 별은 거의 보이지 않았다.

"역시 꿈이었겠지?"

그래도 그들이 들려준 말이 가슴에 확실히 새겨졌다.

물고기자리 시대를 거쳐 지금은 물병자리 시대가 됐다. 인터넷이 중심이 되는 사회이고 개개인의 개성이 존중되는 시대라고 했다.

물병자리 시대에 소셜게임 시나리오 일을 한다니, 어쩌면 행운일지도 모른다. 이런 기회를 허투루 쓸 순 없다.

'조연과의 해피엔딩'이라고 시시한 내용으로 그냥저냥 마무리 짓지 말고, '최고로 멋진 러브신'은 없어도 멋진 이야기를 만들고 싶다.

'좀 더 노력해서 플레이하면 최고로 멋진 러브신을 읽을 수 있겠지?'

플레이어가 이렇게 생각해준다면, 시나리오 작가로서 더는 바랄 게 없다.

그럼 일을 잘하려면······.

"일단 꽃을 사서 가자. 그리고 예쁜 컵이랑 컵 받침도······."

집 안을 꽃으로 화사하게 장식하고 맛있는 홍차를 우려서 마음을 다잡고 일해야지.

언젠가……. 한 번 더 '보름달 커피점'에 가고 싶다.

"그때는 커피를 마실 수 있겠지. 그럼 참 좋겠다."

나는 가벼운 발걸음으로 거리를 걸으며 키득키득 웃었다.

제2장

보름달 아이스크림
퐁당쇼콜라

1

"역시 만나지 말 걸 그랬어."

나, 나카야마 아카리는 무심히 창밖을 내다보며 중얼거렸다.

이곳은 지방 방송국 회의실이다. 약속 시간보다 일찍 도착해 카페에서 산 카페오레를 들고 창가 자리에 앉아 조금 전에 있었던 일을 복기하는 중이다.

'기획 회의에 가져가긴 했는데 통과하지 못했어요.'

그 말을 했을 때의 세리카와 미즈키의 표정이 생각나 크게 한숨을 내쉬었다. 결론만 놓고 보면, 한때 히트 제조기였던 시나리오 작가에게 더는 당신 작품이 통하지 않는다고 대놓고 말한 셈이다.

역시 메일로 전하는 편이 나았을 것 같다. 처음에는 그러려고 했다. 그런데 메일을 쓰려다가 교토 출장이 잡히면서 이왕이면 직접 만나 이야기하는 게 낫겠다 싶었다. 내가 세리카와 작가를 각별하게 생각하는 데에는 그의 작품성 말고도 다른 이유가 있다. 아주 소소한 일이지만, 기회가 될 때 세리카와 작가에게 꼭 전하고 싶은 말이 있었다. 물론 그러지 못한 채로 지금까지 왔지만……

"꼭 사형 선고를 내린 기분이야."

멍하니 혼잣말을 내뱉는데 "사형 선고를 내린 기분이 아니라 지금부터 낼 기분이겠지, 아카리" 하는 소리가 옆에서 들렸다. 나는 휙 고개를 돌렸다.

종종 만나는 스타일리스트였다. 회의실 문을 열어놓고 있어서 나를 보고 들어왔나 보다.

"골치 아프지? 촬영 시작 직전에 주연 배우한테 불륜 사건이 터지다니. 오늘 그 일 때문에 여기 온 거지?"

그는 게이처럼 사근사근한 말투를 쓰는 40대 초반의 남성이다. 턱수염을 멋지게 기르고, 구불구불 파마한 머리카락을 조금 길게 길러 목덜미 근처에서 대충 하나로 묶었다. 성은 모르는데 이름은 '지로'이다. 다들 '지로 씨'라고 부른다. 그는 다정하고 붙임성이 좋으며 분위기 파악을 잘하고 눈치도 빨라 어디에서든 환영 받는 스타일이다.

그렇지만 나는 사실 그가 좀 불편하다. 이상하게 같이 있으면 껄끄럽다.

"네, 그건 그렇지만⋯⋯."

"그렇지만?"

"여기 오기 전에 세리카와 작가님을 만났어요."

"세리카와 작가라면, 그 세리카와 미즈키?"

그렇다고 하자, 그가 "어머!" 하고 새된 비명을 질렀다.

"나, 세리카와 작가님 팬이야. 혹시 또 작가님의 드라마를 볼 수 있어?"

지로가 뺨에 손을 대고 몸을 배배 꼬았다. 나는 씁쓸한 표정을 짓고 시선을 피했다.

"그건 아니에요."

시무룩한 내 말에 눈치 빠른 그도 표정이 진지해졌다.

"아하, 사형 선고를 내린 기분이란 게 그거구나."

"네. 한동안 소식이 없었는데, 얼마 전 갑자기 연락하시더니 기획서를 보내주시더라고요."

"그게 완전히 별로였어?"

"별로⋯⋯는 아니었어요. 나쁘지 않아서 회의에 가져가긴 했는데, 요즘 시대랑은 분위기가 좀 맞지 않아서⋯⋯."

지로가 내 이야기에 진지하게 반응했다.

"아하, 그거 좀 어렵지. 의외로 복고풍인 게 인기가 있을 때도 있고. 뭐, 그런 건 아예 대놓고 복고풍이니까 재미있는 거지. 어중간한 카페보다 옛날식 다방이 매력적인 것처럼."

뜬금없는 소리지만 핵심을 꿰뚫는 말이었다. 세리카와 작가의 기획서는, 메뉴는 괜찮은데 인테리어가 어중간해서 손님층을 정확하게 예측하기 어려운 느낌이었다.

"그래도 메일로 거절하지 않고 일부러 만났다는 건, 조언해 주려던 거 아니야?"

속내를 들킨 것 같아 순간 뜨끔했다. 늘 그렇듯이 예리한 사람이다. 내가 지로를 불편하게 여기는 이유가 이런 점일지도 모르겠다. 그렇다. 나는 세리카와 작가를 만나 확인하고 싶었다. 세리카와 미즈키의 눈이 여전히 반짝이는지를.

야심. 이 단어를 싫어하는 사람도 있겠지만, 어떤 업계든 야심이 없는 사람은 성공하지 못한다. 행여 성공하더라도 일시적인 행운으로 끝난다. 눈동자에 야심이 깃들었는지 아닌지에 따라 그 일에 얼마나 진심인지, 얼마만큼의 에너지를 내뿜을 수 있는지 파악할 수 있다.

세리카와 미즈키가 제일선에서 활약하던 시기에는 좋은 의미로 눈동자에 야심이 가득했고, 항상 눈동자가 반짝반짝 빛이 났다.

일을 오래 하다 보면 일이 잘 풀리지 않을 때가 있다. 기획안이 떨어지는 일도 비일비재하다. 그쯤은 누구에게나 있는 일이다. 세리카와 작가의 눈이 여전히 반짝인다면 희망이 있을 거라 생각했다. 하지만 그 작가는 완전히 시들고 말았다.

"세리카와 작가님한테 이번 기획안은 작업하기 좀 어렵겠다고 말했는데, 충격 받은 티를 내면서도 그냥 웃으면서 물러나더라고요……. 예전의 작가님이라면 '뭐가 문제일까요? 그럼 어떻게 고쳐보면 좋을까요?' 하고 캐물었을 텐데, 그런 열정이 사라져버린 것 같아요."

나는 혼잣말하듯이 털어놓았다. 지로가 그렇군, 하고 호응하며 팔짱을 꼈다.

"자기는 변함없이 엄격하네."

"엄격한가요?"

엄격하다는 말을 처음 들어보는 건 아니지만, 스타일리스트인 지로 앞에서 그런 모습을 보여준 기억은 없다. 그런데 '변함없이'라는 말까지 붙여서 엄격하다고 하다니 의외였다. 혹시 '내 뒤에서 뒷담화라도 하는 거 아니야?' 하고 걱정하는데 지로가 피식 웃어 보였다.

"아, 미안. 그냥 한 말이야. 엄격하네 뭐하네 뒤에서 그런

말 하는 거 아니니까 안심하고. 나야 옆에서 지켜봤을 뿐이지만, 아카리는 자기 자신은 물론이고 타인에게도 엄격한 것 같아서 그래."

능청스러운 그의 말투에 어이없는 웃음이 흘러나왔다.

"지로 씨야말로 사람이 부드럽고 유해 보이는데 통찰력이 있네요."

"후후. 자주 듣는 말이야."

"친한 소꿉친구가 미용사인데요. 걔도 지로 씨처럼 세지 않고 순해 보이는데 예리해요. 미용 업계에서 일하는 사람은 그런 타입이 많나요?"

진지하게 묻자 그가 풋 하고 웃었다.

"그건 잘 모르겠지만 스타일리스트도, 미용사도 가까이에서 사람을 살피는 게 일이니까 아무래도 예리해질 수도 있겠네."

일리 있는 말이었다. 성실한 스타일리스트나 미용사는 고객의 외모뿐 아니라 취향이나 이상향까지 포함해 전체를 보려고 한다. 자연히 통찰력이 생길 수밖에 없겠다.

"아카리, 그런데 자기 머리는 매번 그 친구가 잘라줘?"

"아. 아니요. 친구는 고향에, 교토에서 살고 저는 도쿄에서 지내니까 매번은 아니에요."

"오. 소꿉친구는 고향이 교토야? 자기도 교토 사람이잖아?"

"네. 부모님 두 분 다 간토[*] 출신인데, 아버지 회사 때문에 초·중학교는 교토에서 다녔어요. 친구랑은 그때부터 쭉 친하게 지내고요."

"그렇구나."

지로가 다시 팔짱을 꼈다.

"그 친구, 실력 괜찮아? 사실은 스태프 한 명이 필요한 참이거든."

"실력은 좋아요. 오사카에 있는 유명 미용실에서 일했어요. 그런데 좀 안 맞았는지 그만뒀어요. 지금은 부모님이 운영하는 미용실에서 일하는데, 훨씬 마음이 편하다고 해요."

"어머, 그래? 그럼 안 되려나?"

"일단 지로 씨 말은 전해둘게요."

"고마워. 그럼 우리, 연락처 교환해도 될까? 이거, 내 QR 코드야."

지로 씨가 명함을 내밀었다.

"아, 네."

나는 얼른 스마트폰으로 코드를 읽어 그의 연락처를 등록

---

* 혼슈 남동부 쪽. 일본의 수도인 도쿄도와 요코하마현 등이 있다.

했다.

"자기랑 알고 지낸 지도 꽤 됐는데 드디어 연락처를 교환했네. 기뻐라."

생글생글 웃는 지로에게서 나도 모르게 시선을 피하며 화제를 바꾸려고 했다.

"그런데 아까 하신 말씀 말인데요."

"응? 뭐?"

"제가 엄격하다는 거요."

"아하."

"세리카와 작가님 면전에 대고 기획이 통과하지 못했다고 말한 점인가요?"

역시 잔인한 짓이었을까. 나는 가슴이 따끔거리는 통증을 느끼며 시선을 내리깔았다.

"아니. 그건 아니야. 자기는 세리카와 작가님을 만나보고 작가님이 아직도 일에 의욕을 보이는 것 같으면 어떻게든 도와줄 생각이었잖아. 그렇지? 그런데 자기가 한 말을 작가님은 별말 없이 수긍하신 거고."

"네."

"그 모습을 보고 자기는 '겨우 그 정도 열정이었어? 그럼 나도 됐어'라고 판단했겠고?"

"그럴……지도 모르겠어요."

그렇게까지 구체적으로 생각하진 않았으나, 지금 생각해보면 그런 심리였다.

"그런 점을 두고 엄격하다고 생각한 거야."

"제가 잘못했나요?"

"잘못하고 말고의 문제는 아니야. 하지만 세리카와 작가님은 정말 어렵게 용기를 내 자기한테 연락했던 걸 거야."

"아마 그렇겠죠?"

그렇게까지 했으면서 내 한 마디에 바로 순순히 물러섰다는 게 실망스러웠다.

"정말 어렵게, 어렵게 낸 용기는 '거절'이라는 강풍을 만나면 간단히 휙 하고 날아가는 법이야. 붙들고 늘어지는 건 자신감 넘치는 사람만 할 수 있어."

반짝반짝했던 예전 세리카와 미즈키의 모습이 떠올랐다. 거절당해도 "그럼 어떻게 하면 좋을까요?" 하고 따져 묻던 열정적인 그 모습에 나는 압도되고 존경심을 품었다. 그러나 지로의 말을 듣고 알았다. 당시 그럴 수 있었던 것은 그가 자신감이라는 갑옷을 걸치고, 성과라는 무기를 손에 들었기 때문이란 걸 말이다.

내가 입을 꾹 다물자, 지로가 "그렇지만 말이야" 하고 말을 이었다.

"자기가 한 말도 일리는 있어. 그렇게 어렵게 자기한테 연락까지 해놓고선 그렇게 쉽게 단념해버리면 안 되지."

나를 배려하려고 일부러 하는 말 같아서 그저 어설프게 맞장구를 쳤다.

"그건 그렇고 자기, 세리카와 작가님이 되게 마음에 드나 봐? 혹시 팬이었어?"

"그야 당연하죠. 그리고 또 다른 이유도 있어서……."

"또 다른 이유?"

"세리카와 작가님과 인연이 있어요."

"어머, 어떤 인연?"

"사실 작가님이 작가로 데뷔하기 전부터 저는 알고 있었어요. 작가님은 저를 전혀 기억 못 하는 것 같지만, 저는 기억해요. 타인을 돕는다는 게 얼마나 대단한 일인지를 작가님한테서 배웠거든요. 그래서 저도 작가님을 가능한 한 돕고 싶은 마음이 있어서……."

세리카와 작가 입장에서는 나와 별로 깊은 관계를 맺은 것도 아니니까 날 기억 못 하리라. 그래도 나는 그가 멋진 사람이라고 생각했으니까 똑똑히 기억하고 있다. 언젠가 그때의 이야기를 꺼내놓고 싶었는데, 여태껏 말을 못 했다.

"호오. 어떤 에피소드일까?"

지로가 호기심을 보이는데, 문 쪽에서 남자 목소리가 들렸다.

"나카야마 씨?"

고개를 돌리자, 양복을 입은 30대 중반의 남성이 서 있었다. 그는 광고업체 영업사원인 쓰카다 타쿠미다. 그와는 거의 반년 만에 만나는 것이다. 보통 나는 도쿄에서 일하고, 서일본 지역을 담당하는 그는 간사이로 발령이 나면서 현재 혼자 지내는 걸로 알고 있다. 나와는 비교적 관계가 좋아서 내가 이쪽에 출장을 오면 같이 식사하거나 술을 마시곤 했다. 지로가 "이야" 하고 반겼다.

"쓰카다잖아? 여전히 잘생겼단 말이지."

쓰카다가 "아이고, 무슨 말씀을" 하고 웃었다.

"그리고 보니 부인이 곧 출산하지? 축하해, 쓰카다."

지로가 말하자, 쓰카다는 겸연쩍게 인사하고 나를 보았다.

"저기, 나카야마 씨. 잠깐 시간 괜찮아요?"

"……죄송한데 여기에서 곧 미팅이 있어요."

"5분이면 돼요."

그가 손까지 모으며 부탁했다.

"아니요. 정말 곧 미팅이어서요. 죄송해요."

나는 눈도 마주치지 않고 사무적으로 대답했다. 짐짓 아무렇지 않은 척했지만, 내 손은 가늘게 떨렸다. 쓰카다는 아쉬운 티를 내며 자리를 떠났다. 그가 사라진 후에야 나는 마음이 놓여서 어깨에서 힘을 풀었다. 지로가 "흐응" 하고 소리를 내며 허리에 손을 댔다.

"아카리, 쓰카다랑 무슨 일이 있구나?"

나는 대답하지 않고 입을 꾹 다물었다.

"혹시 쓰카다랑 바람피웠어?"

가차 없는 돌직구에 번쩍 고개를 들었다.

"저, 절대 아니에요! 나는 그 사람이 유부남인 줄 몰랐어요. 그 사람, 금속 알레르기 때문에 반지를 안 끼고 다니고, 결혼했단 소리도 안 하고……, 그래서……."

당황스러운 마음에 횡설수설하며 사실을 털어놓고 말았다! 이 이야기는 미용사인 소꿉친구 이외에는 아무에게도 말하지 않았는데, 본의 아니게 이렇게 업계 사람한테 들키고 말다니……. 내가 정말 미쳤나 보다. 그것도 하필이면 지로라니…….

"모르고서 사귄 거야?"

"……사귀는 사이까지도 안 갔어요."

눈물을 보이기 싫어서 나는 고개를 숙였다.

"아하, 그렇구나."

전부 말하지 않아도 지로는 다 알아차렸는지 고개를 끄덕였다.

"많이 힘들었겠네. 아카리니까 더 그랬겠어. 너만 괜찮다면 언제든 네 이야기 들어줄게."

그가 내 어깨를 가볍게 두드렸다. 나는 아무 말도 할 수 없었다. 잠시 후, 방송 디렉터와 제작 스태프가 회의실로 들어왔다.

"그럼 슬슬 가야겠네. 열심히 해."

지로가 손을 팔랑팔랑 흔들며 회의실을 나갔고, 그와 엇갈리며 배우 아유카와 사쓰키가 들어왔다.

20대 중반의 아유카와 사쓰키는 전형적인 미인이라기보다는 사랑스러운 타입이다. 붙임성 좋아 보이는 미소가 안방극장을 사로잡으며 인기를 얻었다.

지난달, 사쓰키와 유부남 배우와의 불륜 기사가 터졌다. 그러자 그동안 사쓰키를 좋아한다고 했던 사람들이 순식간에 손바닥 뒤집듯이 태도를 바꿔 비난을 퍼붓기 시작했다. 사쓰키의 불륜을 두고 매일 같이 텔레비전과 SNS가 시끄러웠다.

마음고생이 심했나 보다. 늘 발랄하던 사쓰키가 전혀 다른 사람처럼 변했다. 얼굴빛이 안 좋고 표정도 어두웠으며, 피부와 머리카락도 푸석푸석했다. 단숨에 십 년은 더 늙은 것 같다. 늘 "안녕하세요!" 하고 밝게 인사했는데, 오늘은 "안녕하세요……" 하고 금방이라도 꺼질 듯이 작게 인사하고 의자에 앉았다.

사쓰키는 내 입에서 곧 드라마 하차 통보가 나올 거라는 걸 짐작하는 눈치였다. 고개를 푹 숙이고, 무릎 위에 주먹을 꼭 쥐고 있는 모습이 꼭 그랬다.

"아카리 씨, 시작해주시겠어요?"

디렉터가 속삭여서, 나는 무거운 마음으로 입을 열었다. 오늘은 두 번이나 사형 선고를 내리는 기분이다.

2

미팅을 마치고, 씁쓸한 기분으로 방송국 복도를 빠르게 걸어나왔다. 토할 것처럼 속이 메슥거렸다. 지나가는 직원들에게 억지웃음을 보이며 수고했다고 인사하고 최대한 서둘러 방송국을 빠져나왔다.

"하아."

건물을 벗어나서야 평상시 호흡대로 숨이 쉬어지는 듯했다. 해는 이미 기울어 하늘이 어둑어둑했다. 그래도 바로 앞 가라스마 거리를 오가는 많은 차와 음식점의 조명들로 거리는 훤했다. 건너편으로 교토교엔京都御苑이 있고, 거기서 좀 더 남쪽으로 내려가면 마루타마치역이 나온다. 원래는 바로 지하철을 타고 돌아갈 생각이었는데, 이렇게 찜찜한 기분인 채 호텔로 돌아가고 싶지는 않았다.

"산책이나 할까?"

나는 조용히 중얼거리며 교토교엔으로 들어갔다. 이 지역 사람들은 이곳을 '교토고쇼京都御所'라고 부른다. 흔히들 교토교엔과 교토고쇼를 같은 곳이라 생각하는데 사실 조금 다르다.

교토고쇼는 일왕이 1869년에 현재 도쿄에 있는 궁으로 옮겨가기 전까지 사용한 궁을 말하고, 교토교엔은 그 궁을 둘러싼 공원을 말한다. 교토교엔은 엄숙한 곳이긴 해도 공원이다. 기본적으로 24시간 개방이어서 언제 산책해도 괜찮다. 이곳은 부지가 넓고 녹음이 풍부하다. 숲과 들, 연못과 신사까지 있다. 벼룩시장이 열리기도 하는데, 해가 저문 지금은 인기척이 없어 고요했다.

천천히 공원 안을 걸었다. 회의실에서 있었던 일이 머릿속을 떠나지 않았다.

아유카와 사쓰키는 눈물을 글썽이고서 기자회견이라도 하듯이 계속 사과했다.

"물의를 일으켜서 정말 죄송합니다. 전부 다 저의 부족함 때문입니다."

드라마 투자자와 광고주들의 압박으로 우리도 어쩔 수 없이 배우 교체라는 어려운 결정을 내리게 되었다고 말하자 사쓰키는 "역시 그렇게 되는군요" 하며 울음을 터뜨렸다. 한바탕 울음을 쏟아낸 사쓰키가 "그런데…… 제가 잘못하긴 했어도 왜 저만 이런 일을 당해야 하죠?" 하고, 고개는 푹 숙인 채 주먹을 꼭 움켜쥐고 말했다.

"그 사람의 부인이나 아이들이 화를 내는 건 당연해요. 저로 인해 상처를 받았을 테니깐요. 그런데 도대체 왜 아무 상관도 없는 세상 사람들이 그렇게까지 화를 내죠? 그 사람들한테 나쁜 짓을 한 것도 아닌데! 게다가 바람피운 사람이 이 세상에 얼마나 많아요. 그 사람들이랑 저랑 뭐가 달라요? 그런데 왜 저한테만! 살인이라도 저지른 것마냥 욕하냐고요! 그럼 다른 사람들도 똑같이 욕을 먹어야죠!"

지금까지 꾹꾹 눌러 참았던 울분일 것이다. 사쓰키는 울면서 회의실에서 뛰쳐나갔다. 매니저가 얼른 뒤를 쫓아갔으나 붙잡지 못했나 보다. 우리는 회의실에서 한동안 사쓰키가 돌아오기를 기다렸으나, 매니저에게서 '아무래도 호텔로 돌아간 것 같습니다. 오늘 회의는 여기서 마무리 지어야 할 것 같습니다. 죄송합니다'라고 연락이 와서 우리도 헤어졌다.

"그 사람들이랑 저랑 뭐가 달라요?"라는 아유카와 사쓰키의 말이 떠올라 가슴이 욱신거렸다.

생각에 잠겨 고개를 푹 숙이고 걷는데, 어디선가 꺽꺽 딸꾹

질 소리가 들렸다. 소리가 나는 쪽으로 고개를 돌리자 벤치에 앉아 있는 한 여성이 보였다. 어두워서 잘 보이지는 않는데, 혹시 울고 있나? 여성이 편의점 봉지에서 캔맥주를 꺼내 입으로 가져갔다. 걸신들린 듯이 술을 마시고 있었다.

애인과 헤어지기라도 했나? 모른 척하고 어서 지나가야지 생각하며 발걸음을 돌리려는데, 두껍게 깔린 구름이 바람에 날리듯 흩어지면서 큼지막한 보름달이 나타났다. 주위가 밝아져서 벤치에 앉은 여성이 또렷하게 보였다. 다름 아닌 아유카와 사쓰키였다.

"아유카와 씨……."

무심코 이름을 부르자 사쓰키가 이쪽을 보았다.

"어라라?"

잔뜩 술에 취한 채 일어났다.

"나카야마 아카리 씨네요? 오늘 수고하셨습니다아."

갈지자로 다가오나 싶더니 그 자리에 엉덩방아를 찧었다.

"괘, 괜찮으세요? 매니저가 많이 걱정할 텐데."

나는 사쓰키에게 달려가 그의 팔을 잡고 조심조심 일으켜 세웠다.

"걱정 안 하셔도 돼요. 앞으로 제 일정은 저어언부 백지가 됐으니까요오."

사쓰키가 손을 쫙 펴며 아하하 웃더니 빙글빙글 돌기 시작했다.

"앗. 아유카와 씨. 괜찮아요?"

나는 얼른 사쓰키의 몸을 붙잡았다.

"이렇게 사람도 없는 곳에서 혼자 꼭지가 돌게 마셨잖아요? 나카야마 씨 보기에 제가 괜찮아 보여요? 아이고, 나카야마 씨 생각보다 머리가 참 나쁘네요."

입에 손을 대고 킥킥 웃는 모습에 발끈 화가 치밀었다.

"그렇게 기운 넘치는 걸 보니 제가 괜한 걱정을 다 했네요! 그럼 전⋯⋯."

한마디 쏘아붙이고 사쓰키를 붙들고 있던 손을 놓아버리려던 참이었다. 그런데 갑자기 사쓰키로부터 "저기, 나카야마 씨도 유부남이랑 만나고 있죠?"라는 말이 돌아왔다.

"저 말이죠, 일찍 도착해서 대기실에 있었단 말이에요. 그런데 화장실에 가려고 회의실 앞을 지나다가 나카야마 씨가 지로 씨와 하는 얘길 들었단 말이에요. 나카야마 씨도 유부남이랑 그랬던 거잖아요! 그런데 어떻게 저를 앞에 두고 배우 교체니 하차니 하는 그런 소리가 나와요? 그런 걸 두고 얼굴이 두껍다고 하는 거죠?"

사쓰키가 또 아하하 웃었다.

"아니에요!"

나는 목에서 짜내듯이 소리를 질렀다. 내 기세에 눌렸는지 사쓰키가 놀라 겁을 먹었다.

"아니라고요. 절대로 바람피운 게 아니란 말이야!"

그렇게 외치며 양팔로 머리를 감싸자 사쓰키가 "아, 알았어요" 하며 술기운이 가신 표정으로 말했다.

그때였다. 희미하고 부드러운 빛이 시야 한 쪽에 보였다. 나도 사쓰키도 빛이 뭔지 확인하려고 시선을 돌렸다.

아름드리나무 아래에 트레일러 카페가 있었다. 지금 막 도착했는지, 짙은 남색 앞치마를 두른 젊은 여성이 테이블과 의자를 내놓았다. 이어서 「보름달 커피점」이라는 간판도 끌고 나왔다.

"이런 시간에 영업을 시작하네요……."

"그러게요."

나와 사쓰키는 짜기라도 한 듯이 얼굴을 마주 보았다. 다시 트레일러 카페를 보는데, 여성은 어디론가 사라졌고 새하얀 페르시안 고양이가 이리 오라는 듯이 앞발 하나를 손처럼 들고 이쪽을 보고 있었다.

3

인적이 끊긴 밤, 교토교엔에 느닷없이 나타난 '보름달 커피점'은 둥그런 달빛을 스포트라이트처럼 받아 가게 전체가 부드럽고 어렴풋한 분위기를 자아냈다.

고풍스러운 찻집 앞을 지날 때 맡곤 하는 그윽한 커피 향이 풍겼다. 아까 여성이 내놓은 테이블 위에 페르시안 고양이가 앉아서 여전히 우리를 지켜보고 있다. 여성과 세트로 입었는지 짙은 남색 앞치마를 둘렀다. 우리는 커피 향과 고양이의 신비로운 눈동자에 매혹됐다.

"아유카와 씨……. 해장할 겸 저기에서 커피라도 드실래요?"

"그거 좋네요."

우리는 찰싹 달라붙어 '보름달 커피점'으로 향했다. 가게 앞에 이르자 테이블 위에 앉아 있던 페르시안 고양이가 마치 "야옹" 하고 우는 것처럼 입을 열어 "어서 오세요"라며 우리를 반겼다.

우리는 놀라 그대로 굳어버린 듯했다. 누가 복화술이라도 하는 걸까? 반사적으로 가게 쪽을 돌아보았다. 카운터 창문 너머로 턱시도 고양이가 새초롬한 표정으로 이쪽을 바라보고 있었다.

"고양이 카페?"

"어라? 뭐야, 이거. 고양이가 말했잖아……."

아유카와 사쓰키가 무서워 어쩔 줄 몰라 하며 내 팔을 붙잡더니, 조용히 귀엣말했다.

"나카야마 씨, 이거 아마 몰래카메라일 거예요. 한번 속아주는 척해볼까요?"

그 말을 듣고 나도 이해했다. 하긴, 당연하다. 이런 말도 안 되는 일이 생길 리가 없다. 제작 일을 하는 사람이면서 눈치 빠르게 사태 파악을 못하다니 부끄럽다.

아유카와 사쓰키는 역시 프로였다. 시청자의 시선을 의식하고서 곧바로 이 상황을 연기하는 태도가 나로서는 정말 놀라웠다. 불륜 스캔들 때문에 모든 일이 다 어그러졌는데 이렇게나마 몰래카메라에라도 출연할 수 있으니 사쓰키 입장에서는 감사할 일이다. 분명 기사회생할 기회라고 여기고 있을 것이다.

우리를 보고 페르시안이 우후후 웃었다.

"놀라게 해서 죄송해요. 저는 '보름달 커피점'의 직원이랍니다. 공교롭게도 마스터는 부재중이지만, 저 비너스와 저기 사투르누스가 오늘 밤 두 분을 위해 열심히 노력하겠습니다."

페르시안 고양이의 이름이 비너스인가 보다. 이름 한번 거창하네 싶었는데, 다시 보니 황금처럼 빛나는 노란 눈동자가 금성처럼 아름다운 것이 이름과 딱이었다.

아마 비너스의 아름다운 목소리는 뒤쪽 어딘가에서 성우가 말하는 것일 테고, 소리는 앞치마 어디에 감춘 스피커에서 나오는 것이리라. 고양이가 연기할 리 없으니까 잘 만든 인형 로봇이겠지? 그나저나 요즘 기술은 지나치게 발전했다.

"저, 저기, 커피를 마실 수 있을까요?"

나의 질문에 페르시안이 미안해하며 대답했다.

"우리 가게는 손님에게 주문을 받지 않습니다."

"어? 그럼 주문을 못 한다는 소리예요?"

이번에는 정말로 놀랐는지 사쓰키의 눈이 커졌다.

"네. 그 대신 우리가 손님에게 어울리는 디저트와 음식, 음료를 제공합니다."

페르시안의 설명을 듣고 나는 오호라 싶었다.

"그러니까 '맡김 차림'이라는 거네요?"

"그렇답니다. 자, 어서 앉으세요. 예전 소꿉친구 두 분이 만났으니까 그동안 쌓인 이야기도 많겠죠. 아, 카메라는 돌아가지 않으니까 편하게 계시면 돼요."

페르시안이 장난스럽게 웃으며 테이블에 물을 두 잔 놓고 가게로 들어갔다. 나는 놀라서 어리둥절했다.

"카메라가 돌아가지 않는다고 했어요."

"아마 음료가 나올 때까지는 안 찍는다는 소리 아닐까요? 애초에 고양이가 말할 리 없으니까 우리가 몰래카메라인 걸 알고 있다고 가정하고 진행하겠죠."

사쓰키는 별로 놀랄 일도 아니라는 듯이 말하고 의자에 앉아 물을 마셨다. 나도 맞은편에 앉으며 고개를 갸웃거렸다.

"또 예전 소꿉친구 두 분이라고도 했는데, 무슨 뜻일까요?"

그러자 사쓰키가 후후 웃었다.

"나카야마 씨, 전혀 모르시는구나?"

"뭐를요?"

"저랑 나카야마 씨, 같은 초등학교 출신이에요."

"네?"

나는 멍하니 눈을 깜박였다. 그러고 보니 아유카와 사쓰키는 교토 출신이라고 들었다.

"아유카와 사쓰키는 예명이에요. 또 어렸을 때는 좀 어둡고 평범했으니까 못 알아보는 게 당연하죠."

사쓰키는 아무렇지 않게 말했으나, 나는 동요해서 몸을 불쑥 내밀고 물었다.

"그럼 저랑 아유카와 씨랑 알고 지냈어요?"

그건 아니라고 사쓰키가 고개를 저었다.

"제가 나카야마 씨보다 나이가 어려서 학년이 달랐으니까 그렇지는 않았어요. 그저 나카야마 씨가 같은 등하교 그룹의 반장이었으니까 저는 기억하죠."

학년이 달랐다면 기억 못 해도 무리는 아니다. 하지만 아무리 평범했더라도 이렇게 눈에 띄는 외모를 기억 못 할 리가 없는데……. 나도 모르게 고개를 숙이고 생각에 잠기자, 사쓰키가 웃었다.

"저 어렸을 때 정말 뚱뚱했거든요. 느릿느릿 걸음도 느려서 특히 등하교 그룹에 꽤 민폐를 끼쳤을 거예요."

그 말에 문득 통통했던 하급생이 떠올라 나는 아하, 하며 고개를 들었다.

"생각날 듯 말 듯해요. 아유카와 씨, 살 많이 뺐나 보네요."

"고등학생 때 제 모습이 싫어서 조깅을 시작했어요. 돈 들이지 않고 할 수 있는 운동이니까요."

듣고 보니 사쓰키는 귀여운 외모와 달리 몸이 아주 탄탄하고 스타일이 아주 멋지다. 미용 트레이닝 책을 냈을 정도다.

"나카야마 씨는 지금도 여전히 우등생 같은 분위기네요."

그런 소리를 들으니 민망해서 저절로 사쓰키의 시선을 피하게 되었다.

"우등생인 나카야마 씨까지 저와 똑같은 짓을 하다니. 평생 성실하게만 살다가 지치기라도 했어요?"

그 질문에 나는 얼굴을 찌푸렸다.

"그러니까 아니라고요. 그런 짓 안 했어요."

어쩌면 카메라가 돌아갈지도 모른다는 생각이 들어서 '바람'이나 '불륜' 같은 단어는 차마 입에 담을 수 없었다. 확실하게 "불륜, 이런 거 절대 아니에요"라고 말하고 싶은데……

"아유카와 씨는……"

"아, 그냥 편하게 사쓰키라고 부르세요. 저도 아카리 씨라고 부를 테니까요."

사쓰키가 시원시원하게 말해서, 나도 "그래요, 그럼" 하고 대답했다.

"그러는 사쓰키 씨야말로 바르고 성실하게만 살다가 지쳤는지 그런 일탈을 하게 되었나 봐요."

사쓰키가 "글쎄요?" 하고 고개를 갸웃거리고 턱을 괬다.

"저는요……, 아버지 없는 가정에서 자랐어요. 당연히 생활이 어려웠는데, 텔레비전이 유일하게 현실을 잊게 해줬죠. 텔레비전을 볼 때가 제일 행복했어요. 자연스럽게 반짝이는 연예계에 강한 동경을 품었고요."

거기까지 말하고 작게 한숨을 쉬었다.

"그 사람은 제가 상상하던 '이상적인 아버지상'이었어요. 그래도 진짜 아빠는 아니잖아요? 그래서인지 정신없이 빠져들었어요. 화려한 연예계에서 활약하는 '이상적인 아버지' 같은 남자야말로 제가 평생 원했던 전부 같아서 도무지 멈출 수 없었어요……. 사랑에 빠지니까 그 사람 말고는 아무것도 보이지 않았어요. 그의 부인이나 아이들, 가족들 생각은 전혀 못했어요……. 이 상황이 되어서야 제가 무슨 일을 저질렀는지 알겠더라고요. 제게 아버지가 없는 건, 아버지가 다른 여자랑 바람이 나서 집을 나갔기 때문이에요. 그 여자를 그토록 원망했으면서 제가 똑같은 짓을 저질렀다는 걸 간신히……."

사쓰키의 뺨을 타고 눈물이 한줄기 흘렀다. 역시 카메라를 의식하는지도 모른다. 그래도 그 말이 거짓 한점 없는 진실이라는 것은 전해졌다.

나는 사쓰키와는 사정이 달랐다.

교토에서 혼자 사는 그, 쓰카다 타쿠미는 싱글처럼 굴었다. 그렇게 내게 접근했다.

광고업체의 영업사원인 만큼 정보에 밝고 똑똑했다. 같이 있으면 자극을 주는 사람이었다. 몇 번쯤 그와 밖에서 만나 밥도 먹고 술도 마시고 하다 보니 어느 순간부터 그에게 매력을 느꼈다.

어느 날, 그가 자기 집에서 한잔하자고 하길래 좋다고 따라나섰다. 서른이 얼마 남지 않은 나이인 데다 결혼 생각도 하고 있던 때였다. 비슷한 업종에서 일하니까 내 일을 잘 이해해줄 테고 좋은 결혼 상대가 될 거라고 생각했다. 또 대형 광고회사에 다닌다고 하면 부모님도 기뻐하시리라. 그런 생각까지 했다.

다만 우려되는 점이 하나 있었다. 그는 붙임성도 좋고 머리도 좋고 외모도 좋다 보니 주변에 여자들이 많았다. 나 이외에도 만나는 사람이 있을 것 같아서 걱정스러웠다. 그래도 그가 혼자 사는 위클리 맨션에서는 다른 여자의 흔적이 느껴지지 않아 마음을 놓았다.

우리는 백화점 식품매장에서 산 비싼 안주를 펼쳐놓고, 와인으로 건배하고 시시한 잡담을 나누었다. 세리카와 미즈키

이야기도 했다.

"사실 나, 초등학생 때 세리카와 작가님의 학생이었어."

그가 놀라서 물었다.

"어? 뭐야? 그 사람, 시나리오 교실이라도 운영했었어?"

"아니야. 학교 선생님이었거든. 기간제였으니까 담임은 아니었는데, 우리 하교 그룹을 담당한 선생님이어서……."

쓰카다와 그렇게 웃고 떠들다가 잠깐 대화가 끊겼다. 텔레비전에서는 몇 번인가 봤던 영화 〈노팅 힐〉이 마치 배경음악처럼 흘러나왔다.

그가 내 몸을 조심스럽게 당겨 안더니 입을 맞췄다. 키스를 나누다가 그가 내 몸을 밀어 눕혔다. 그의 무게에 약간의 두려움과 흥분을 동시에 느꼈다. 그때 그의 스마트폰이 울렸다. 매너모드였는지, 테이블 위에서 부르르 부르르 떠는 스마트폰이 우리만의 분위기를 순식간에 깨뜨렸다.

"전화 왔어."

"괜찮아. 어차피 상사가 술에 취해서 전화한 걸 테니까."

성가셔하는 표정이 뭔가 걸렸다. 여자 전화다. 직감적으로 알았다.

"중요한 전화일지도 모르잖아. 얼른 받아."

나는 스마트폰을 들어 그에게 건넸다. 그때, 그의 스마트폰

디스플레이에 표시된 메시지가 눈에 들어왔다.

「입덧이 심해서 잠을 못 자겠어. 참. 자기는 오늘 밤에 회식 있댔지? 너무 많이 마시면 안 돼. 아, 나도 술 마시고 싶다. 아기 낳고 모유 수유를 끝낼 때까지는 참아야겠지.」

그때를 떠올리면 온몸에 한기를 느낀다.

천국에서 지옥으로 떨어진다는 것은 바로 이럴 때를 말한다.

"대단하죠. 그 몇 줄도 안 되는 문장에 모든 정보가 들어 있다니……."

사쓰키에게 내 사정을 털어놓으며 쓴웃음을 지었다.

그는 기혼자이고 아내는 임신 중이었다. 나중에 알았는데, 아내는 입덧이 너무 심해서 친정에서 요양 중이었다. 나는 그런 줄도 모르고 유부남의 집에 들어가 입을 맞췄고, 끝까지 가지는 않았으나 몸을 만지도록 허락했다. 만약 그때 스마트폰이 울리지 않았다면 나는 틀림없이 그와 잤을 것이다.

"아카리 씨. 만약 그 사람과 사이가 더 깊어져서 진심으로 좋아하게 된 후에 그 사실을 알았다면 어떻게 했을 것 같아요?"

사쓰키의 물음에 나는 잠깐 침묵했다. 만약 그랬다면 어떻게 했을까?

그를 진심으로 사랑하게 됐는데 아내가 있다는 걸 알았다면, 나는 괴로워하면서도 사람이라는 감정에 취해 관계를 질질 끌었을까?

"말할 가치도 없어요. 아무리 좋아도 불륜인 줄 안 시점에서 관계는 끝이죠."

그러자 사쓰키가 괴로운 표정을 지었다.

"불륜은 절대로 용납 못 해요?"

"불륜뿐 아니라 도리에 어긋나거나 부정한 짓 자체를 용납 못 해요."

단호하게 대답하자 그녀가 푸훗 웃음을 터뜨렸다.

"아카리 씨, 옛날이랑 정말 하나도 안 변했네요."

"네?"

"통학로에 지나는 사람 없는 좁은 건널목이 있었잖아요. 신호를 안 지켜도 문제없을 곳이라서 다들 신호 따위는 무시하고 그냥 길 건넜는데, 아카리 씨만은 고집스럽게 신호를 지켰어요. 어렸을 때는 대단하다고 생각했죠."

"어렸을 때는, 이라면 지금은요?"

"성실한 건 좋아도 융통성 없는 사람이다 싶어요."

"그런 말 자주 들어요."

또 자조하며 웃을 때였다.

"아카리 씨는 제1하우스에 토성이 들어 있으니까요. 기본적으로 자기 자신에게 엄격합니다."

갑자기 남자 목소리가 들렸다. 고개를 들자, 턱시도가 쟁반을 손에 받치고 서 있었다. 쟁반에는 잔 두 개와 은제 홍차 포트가 놓였다.

"제1하우스에 토성?"

나와 사쓰키가 동시에 되물었다. 턱시도가 그렇다고 대답하며, 나와 사쓰키 앞에 잔을 놓고 홍차를 따랐다.

"지금은 '별점술사'인 마스터가 자리를 비워서 간단한 설명밖에 못 하지만……."

턱시도가 앞치마 주머니에서 회중시계처럼 생긴 물건을 꺼내 딸각 태엽 꼭지를 눌렀다. 반짝, 시계 표면이 빛나더니, 곧 보름달 옆에 커다란 토성 영상이 떠올랐다.

"우아!"

나와 사쓰키가 입을 크게 벌렸다. 예전에 학교에서 토성을 천체망원경으로 본 적은 있어도 이렇게 커다란 토성은 처음 봤다. 가로무늬가 그려진 행성을 둘러싼 커다란 고리가 몹시도 아름다웠다.

"정말 예쁘다."

사쓰키가 옆에서 황홀한 표정을 지었다.

"토성은 아름답지만 매우 엄격한 별이에요."

이번에는 페르시안이 말했다. 쟁반을 들고 키득키득 웃는다.

엄격한 별? 나와 사쓰키는 고개를 갸우뚱했다.

"비. 몇 번이나 말하지만 '엄격하다'고 말하는 건 아니지."

무슨 이유에서인지 턱시도가 불만스럽게 팔짱을 꼈다. 페르시안이 "어머?" 하며 의미심장하게 눈짓했다.

"하지만 맞잖아? 서양 점성술에서 토성은 '시련'을 관장하는 별이야."

"'시련'보다는 '과제'지."

틈도 주지 않고 받아치는 턱시도에 페르시안이 쯧쯧 혀를 차며 어깨를 움츠렸다.

"토성은 인생의 '교관' 같은 별이잖아."

"……그건 부정하지 않겠어."

"뭐야, 그건 괜찮아?"

나와 사쓰키는 이 두 고양이가 나누는 대화를 넋 놓고 듣고만 있었다.

"아, 죄송해요. 점성술에서는 토성이 어느 하우스에 들어가

느냐에 따라 그 사람의 인생에 찾아올 시련……."

턱시도가 날카롭게 노려봐서 페르시안이 잠깐 입을 다물었다가 말을 이었다.

"인생에 찾아올 과제가 나뉘거든요."

'인생에 찾아올 과제'라는 소리를 들어도 뭐가 뭔지 모르겠다. 애초에 하우스가 대체 뭐람…….

"하우스가 뭔지는 이걸 보면 알 수 있을 거예요."

페르시안은 턱시도가 들고 있던 회중시계를 가지고 가 태엽 꼭지를 돌리고 찰칵 눌렀다. 토성 영상이 사라지고, 이번에는 시계 같은 그림이 떠올랐다. 본 적 있다. 아마도 천궁도일 것이다. 동그란 원이 열두 개의 칸으로 분할됐다. 내가 보는 왼쪽 끝 칸에 ①이라고 표시됐고 반시계 방향으로 ⑫까지 숫자가 표시됐다.

턱시도가 표를 살펴보고 얼굴을 찡그렸다.

"정체성에 금전에 지식에……. 설명이 너무 대충이군. 아무리 생략했다지만. 특히 제3하우스에는 지식만 적혔는데 그 외에 형제자매 관계, 커뮤니케이션 능력도 의미하잖아."

"그렇지. 사실은 더 깊은 의미가 있지만, 일단은 알기 쉽게 정리해봤어."

페르시안은 불만을 표시하는 턱시도에게 능숙하게 대꾸하

고, 우리를 보았다.

"번호가 곧 방, 하우스예요. 자기 하우스가 어느 별자리 위치에 있고 어떤 행성이 들어 있느냐에 따라서 잘하는 일과 못하는 일, 끌리는 이성, 또 인생의 시련……이라고도 할 수 있는 과제가 나뉘어요."

"똑같이 자기 자신을 나타내는 제1하우스라도 별자리 배치에 따라 성질이 달라집니다. 양자리 제1하우스는 조급하고, 황소자리 제1하우스는 느긋한 식으로 전혀 다르죠."

사쓰키는 여전히 이해가 안 된다는 표정이지만, 나는 한때 점성술에 관심이 있어서 관련 책을 몇 권 읽은 적이 있다. 책으로 읽을 때는 무슨 소리인지 몰라 그냥 넘어갔는데, 그래도 그 덕분에 이들이 하는 설명을 어렴풋하게나마 알아들을 수 있었다.

1부터 12까지 하우스에는 제각각 의미가 있고, 생년월일과 태어난 시간과 태어난 장소에 따라 별자리와 배치되는 행성이 달라진다.

"아까 한 말은, '토성'이 어느 하우스에 들어가 있느냐에 따라 인생에서 겪는 시련이 나뉜다는 뜻이었군요."

나도 모르게 중얼거리자 페르시안이 "맞아요"라며 손뼉을

쳤고, 턱시도는 "과제입니다"라고 부루퉁하게 말했다.

　"예를 들어서 결혼을 뜻하는 제7하우스에 토성이 있으면 '결혼'과 관련한 과제가 있어요. 결혼을 하고는 싶은데 좀처럼 잘 풀리지 않아 고민하거나, 또는 결혼했다가 이혼하거나, 결혼 상대가 너무 까탈스러워서 고생하거나. 그런 사람은 '친구들은 쉽게 결혼해서 아이도 낳고 행복하게 사는데, 나는 왜 그게 안 되지?'라고 고민할 텐데, 한마디로 '제7하우스에 토성이 있으니까 어쩔 수 없음'인 거죠."

　페르시안이 즐거운 듯이 웃었으나, 나와 사쓰키는 얼굴이 딱딱하게 굳어졌다.

　확실히 결혼은 개인차가 선명하게 드러난다. 아주 자연스럽게 만나 양가 부모에게 축복받으며 문제없이 결혼하는 사람도 있고, 어렵게 만나서 결혼도 어렵게 서로가 마음먹게 되었는데 마지막에 부모님이 반대해서 좌절하는 사람도 있다.

　또 연애할 때부터 주변의 부러움을 샀던 잉꼬부부가 파경에 이르는 경우도 있고, 페르시안의 말처럼 까탈스럽고 권위적인 배우자 때문에 위축되어 살아가는 사람도 있다.

　"혹시 제 토성이 결혼 하우스에 있나요?"

　사쓰키가 진지하게 물었다. 턱시도와 페르시안은 동시에 아니라고 고개를 저었다.

"사쓰키 씨의 토성은 제6하우스인 '일, 건강'에 있어요."

하늘에 뜬 천궁도의 ⑥ 하우스가 반짝 빛났다.

"여기에 토성이 들어간 사람은 대부분 힘든 일에 종사해요. 그래도 불굴의 의지와 인내력으로 극복해내며, 프로로서의 자세도 아주 훌륭하죠. 어려서 통통했던 사쓰키 씨가 지금처럼 탄탄한 몸이 된 건, 단순히 연예계에 품은 '동경'만이 아니라 그 일을 자신의 '업'으로 삼겠다는 강한 의지가 있었기 때문이에요. 그래서 해낼 수 있었죠. 토성은 '과제'를 주는 별이니까 열심히 노력하면 큰 보상을 줘요. 단……."

단? 사쓰키가 적극적으로 재촉했다.

"행성 중에 '애정'과 '아름다움', '취미·오락'을 관장하는 것은 '금성'인데요."

페르시안이 자기 가슴에 손을 대고 설명을 이어갔다.

"사쓰키 씨는 그 '금성'이 비밀을 의미하는 제12하우스에 있어요."

이번엔 ⑫ 하우스가 반짝 빛났다.

"비밀을 의미하는 하우스에 '금성'이 들어간 사람은 '비밀스러운 연애'에 끌리는 경향이 있고, 그런 유혹도 많아요. 별들의 각도에 따라 조금 다르지만, 거기에 휩쓸리면 사쓰키 씨는 특히 일 하우스에 있는 '토성'의 시련이 강해져요. 아, 지금은 일부러 '과제'가 아니라 '시련'이라고 한 거야."

턱시도가 어쩔 수 없다는 듯이 고개를 끄덕였다. 사쓰키는 어쩔 줄 모르며 두 고양이를 번갈아 보았다.

"그렇구나……. 전 정말 그럴 의도는 없는데, 이상하게도 유부남들이 그렇게 집적대더라고요. 그런데 사실 혼자 사는 젊은 남자한테는 별 매력을 못 느끼긴 해요. 유부남들은 아무래도 안정적이다 보니 여유가 느껴지고 어른스럽고……."

"기혼자의 매력은 배우자가 곁에 있기 때문입니다. 잘 차려입은 옷도, 반듯하고 깔끔한 이미지도, 마음의 여유도 옆에서 돌봐주는 배우자가 있기 때문이죠. 혼자 살아가는 싱글에게서 찾기 어려운 매력이 있는 건 당연해요."

턱시도가 냉정하게 잘라 말하자 사쓰키는 말문이 막혔나 보다. 생각해보면 매력적으로 보이던 남자도 이혼하고 싱글이 되면 왠지 추레하게 보이는 사람이 은근히 많다.

"그렇구나……. 그 사람의 매력은 아내가 열심히 관리하고 챙겨준 덕분이었어. 저는 그걸 훔친 거네요."

사쓰키가 괴로운 듯이 아랫입술을 깨물었다. 우리는 아무 말도 못 하고 입을 다물었다. 나는 무거운 침묵을 견디지 못하고 저기, 하고 입을 열었다.

"제12하우스에 금성이 있다고 해서 모두가 불륜을 저지르는 건 아니죠?"

페르시안이 당연하다고 대답했다.

"'비밀'을 의미하는 위치에 금성이 있으니까 '불륜'을 저지르는 사람도 있지만, 다른 사람에게는 비밀인 사내 연애를 가리킬 때도 있고 선생님을 짝사랑하는 사람도 있어요. 혹은 그런 연애를 다룬 영화나 소설 같은 것에 끌려도 자기 자신은 비밀 연애와는 전혀 관계없는 사람도 있답니다."

그렇구나. 나는 이해했다.

"혹시 한번은 실수를 저질렀어도 이후 마음이 달라지면 세상이 인정할 행복한 연애를 할 수 있나요?"

이어서 그렇게 묻자, 턱시도가 "그렇죠"라고 대답했다.

"이 세상은 거울 법칙으로 이루어졌으니 그걸 의식하면 괜찮습니다."

"거울 법칙?"

나와 사쓰키가 되묻자, 페르시안이 회중시계 뚜껑의 안쪽을 보여주었다. 거울이었다.

"별들이 불륜이나 부정을 저지르는지 감시하다가 벌을 내리는 게 아니에요. 별들 시선에서는 애초에 선악이 없죠."

나는 미간을 찌푸렸다.

"선악이 없다니, 그건……."

그 말에 동요하는 내게 턱시도가 손을 척 들어 올렸다.

"그 대신 이 세상에는 '내가 한 일은 내게 돌아오는' 거울 법칙이 있습니다. 남에게 상처를 주면, 큰 대가가 돌아오죠. 같은 불륜이라도 그 때문에 상처 받은 사람이 많을수록 내게 돌아오는 불행은 더 커지게 되지요. 그게 전부 돌아옵니다."

그 말을 듣고 사쓰키는 더없이 괴로운 표정을 지으며 자기 몸을 안았다.

"그럼…… 제가 세상 사람들에게 비난 받는 건 어쩔 수 없겠네요. 그 사람에게는 부인과 자식은 물론이고 팬이 아주 많으니까, 저는 그 많은 사람에게 상처를 줬으니까……."

힘없이 말하는 사쓰키에게 페르시안이 그렇죠, 하고 조심스럽게 말했다.

"그것도 있고, 유명인은 우주에 쉽게 선택 받기도 해요."

"우주에 선택을 받는다?"

그 설명은 턱시도가 해주었다.

"옳고 그르든 본보기 같은 존재로 선택됩니다. '성공하면 저렇게 멋진 인생을 살 수 있다'는 화려한 모습과 '잘못을 저지르면 저렇게 된다'는 실패한 모습을 대중에게 알려주는 존재죠."

설명을 들으니 알겠다. 유명인의 불륜이나 부정, 약물 관련

소식은 때때로 대중의 의식을 바로잡는다. '저렇게 욕을 얻어먹고 한순간에 모든 것을 잃다니 나는 절대로 저러지 말아야지' 하는 반면교사가 된다.

"애 말처럼 '유명인'은 때때로 원하든 원하지 않든 대중에게 본보기 같은 존재가 돼요. 사쓰키 씨, 연예계에서 계속 일하고 싶다면, 앞으로 무슨 일이 또 생겼을 때 본보기가 될 수 있다고 각오해둬야 해요."

페르시안의 다정한 조언에 사쓰키는 고개를 숙였다.

"……저는 계속 연예계에서 일해도 괜찮을까요?"

목소리가 희미하게 떨렸다.

"그건 스스로 정할 일입니다."

당장이라도 울음을 터뜨릴 것 같은 사쓰키에게 턱시도가 냉철하게 말하자, 페르시안이 그를 찰싹 때렸다.

"하여간 엄격하다니까."

"하지만 그게 사실이니까. 별이 당신의 미래를 정하는 게 아닙니다. 당신이 정한 미래를 도와줄 뿐이지요."

마치 지금 사쓰키 앞에 두 개의 문이 나타난 것 같다.

하나는 연예계를 떠나 다른 길을 찾아가는 문.

다른 하나는 앞으로도 배우로서 살아가는 문.

눌 다 어려운 길이겠지만, 연예계의 길은 틀림없이 사쓰키에게 가시밭길일 것이다. 사쓰키도 잘 알고 있으리라.

"저는 앞으로도 계속 배우로 일하고 싶어요."

사쓰키가 주먹을 꼭 움켜쥐고 고개를 들었다.

"지금은 모두가 제게 돌을 던지고 욕해요. 앞으로도 이 세상이 저를 미워할지도 몰라요. 그래도 배우로서 어떻게든 다시 일어나볼게요."

당당하게 말하자 턱시도가 흡족하게 고개를 끄덕였다.

"그렇게 정했다면 열심히 그 길을 걸어가면 됩니다."

페르시안이 '토성'은 '교관' 같은 별이라고 했는데, 턱시도야말로 '교관' 같다. 턱시도에게 질문하고 싶었지만 아무래도 말을 붙이기 어려워서 나는 페르시안에게 물었다.

"사쓰키 씨처럼 시련 한복판에 있을 때는 점성술적으로 어떻게 하면 좋을까요?"

"꼭 점성술만이 아니라, 정체되었을 때는 먼저 자기 자신을 아는 게 제일이죠. 길을 잃었을 때 사람은 보통 멈춰 서서 지도를 확인하잖아요?"

페르시안이 짧은 손가락을 하나 세웠다.

"사쓰키 씨의 경우는, 자기가 다른 사람보다 '비밀스러운 사랑'에 유혹당하기 쉽다는 걸 알아야 해요. 그리고 유혹에 빠져들게 되면 틀림없이 일을 잃는다는 점. 이걸 한 세트로 알아두는 거예요. 또 유명인인 이상 다른 사람의 본보기가 되기 쉬운 존재라는 점도 자각해야죠. 그걸 알아두면 마음을 단단히 준비할 수 있답니다."

알기 쉽고 공감이 가는 설명이다.

"사쓰키 씨."

페르시안이 사쓰키의 어깨에 폭신폭신한 손을 올렸다.

"아까도 말했듯이 '토성'은 시련을 주는 엄격한 별이에요. 다만 시련은 벽이 아니라 문이죠."

그 말에 턱시도는 옳은 말이라는 듯이 고개를 끄덕였고, 사쓰키는 놀라서 눈을 크게 떴다.

"문⋯⋯이요?"

"네. 시련을 극복하면 새로운 문이 열리고 아름다운 경치를 보여줘요. 사실 '토성'은 엄격하지만 노력하는 사람에게는 보상을 잘 챙겨주는 귀여운 구석이 있는 교관이에요."

페르시안이 후후 웃었다. 턱시도가 페르시안의 말을 막듯이 크흠, 하고 헛기침을 하고 사쓰키를 보았다.

"사쓰키 씨. 당신이 선택한 길은 절대 쉽지 않아요. 사회적인 제재와 여론의 뭇매는 한동안 지속될 테고, 인기를 회복하려면 시간이 오래 걸릴지도 몰라요. 이 시련은 아주 힘들 겁니다. 그러니 앞으로도 배우 일을 하고 싶다면, 모든 걸 각오하고 열심히 노력하세요."

턱시도의 말을 듣고, 사쓰키가 "네!" 하고 당차게 대답했다. 조금 전과는 눈빛이 전혀 다르다. 역시 턱시도는 토성 같다. 그렇다면 페르시안은 금성일까?

"그리고 아카리 씨."

그런 생각을 하는데 갑자기 페르시안이 이름을 불러서 나는 움찔 떨었다.

"어어, 네!"

나도 모르게 허리를 반듯이 세웠다.

"아까 사투르누스도 말했지만, 당신은 자기 자신을 의미하는 제1하우스에 토성이 있어요. 그런 사람은 성실한 노력가이며, 다른 무엇보다 자기 자신에게 엄격하죠. 아무도 뭐라고 안 하는데 자꾸만 자책하는 면이 있어요. 가끔은 숨쉬기 괴롭지 않아요?"

그 말에 목 안쪽이 괴로워질 정도로 숨이 턱턱 막혔다. 턱시도가 흐음, 하며 팔짱을 꼈다.

"아카리 씨의 제1하우스 별자리는 사자자리. 화려함의 상징이지요. 때문에 사자자리는 화려함을 동경하는 경향이 있어요. 그래서 매스컴 관련한 일을 선택했겠군요."

턱시도가 과연, 하며 혼자 뭔가 알겠다는 듯이 중얼거렸다.

그때 페르시안이 짝, 손뼉을 쳤다.

"그런 두 분에게 '보름달 커피점'이 특별한 디저트를 준비했습니다. 먼저 사쓰키 씨부터."

그러면서 유리그릇을 내밀었다. 페르시안은 보랭 백에서 노릇노릇해 보이는 동그란 아이스크림 두 덩이를 꺼내 그릇에 담았다. 금가루를 뿌렸는지 아이스크림에서 반짝반짝 빛이 났다. 꼭 별이 반짝이는 것 같다.

"이건 세상에서 가장 달콤한 '금성 아이스'입니다."

페르시안이 설명하자, 이번에는 턱시도가 유리 커피포트를 손에 들었다.

"사쓰키 씨를 위한 디저트는, 이 아이스크림에 우리 카페의 자랑인 '월광 커피'를 부은 '행성 아이스크림 아포가토'입니다."

턱시도가 그릇에 담긴 노란 아이스크림 위에 커피를 부었다. 아이스크림이 사르르 녹아 보기만 해도 군침이 돌았다.

두 고양이가 드시라고 권했다. 사쓰키가 "잘 먹을게요"라고 말하고, 아포가토를 한 입 넣었다. 사쓰키는 맛있다고 감탄했다.

"아이스크림은 진하고 달콤한데 커피는 살짝 씁쓸해서 절묘하게 어울려요."

'행성 아이스크림 아포가토'는 어쩌면 저 두 고양이들이 주는 메시지일지도 모른다. 달콤한 유혹에 휩쓸리지 말고 이번에 겪은 쓴맛을 기억하라는.

"아카리 씨는 이거예요."

페르시안의 목소리에 나는 퍼뜩 고개를 돌렸다. 하얀 쟁반 위에는, 둥근 바닐라 아이스크림이 올라간 초콜릿케이크가 있었다.

"'보름달 아이스크림 퐁당 쇼콜라'입니다. 여기에는 진한 초콜릿 소스를 끼얹었습니다."

페르시안이 초콜릿 소스를 끼얹었다. 눈으로만 봐도 맛있게 느껴지는 디저트다. 페르시안과 턱시도가 맛있게 먹으라며 웃었다. 나도 잘 먹겠다고 인사하고 스푼을 들었다. 스푼으로 조심스럽게 케이크를 푸자, 안에 든 초콜릿이 주르륵 흘러나왔다. 먹기 전부터 맛을 예감하고 침을 삼켰다.

가만히 음미했다. 케이크는 생각보다 씁쓸해서 어른스러운 맛이다. 차가운 아이스크림과 진한 단맛이 나는 초콜릿 소스가 잘 어울려서 저절로 미소가 번졌다.

"맛있다. 정말 맛있어요."

생각 이상으로 맛있어서 그 말만 반복했다. 그러고 보니 디저트를 먹는 게 얼마 만이더라? 행복해하는 나를 보며 턱시도가 부드럽게 웃었다.

"보름달에는 '해방'하는 힘이 있습니다."

"해방이요?"

"아카리 씨. 언제나 옳은 길을 가려는 당신의 태도는 멋집니다. 그러나 그게 무조건 옳진 않아요. 때로는 자기 자신을 용서하는 일도 중요합니다."

턱시도가 다정하게 속삭였다. 그 말이 내 가슴을 찔렀다.

나는 유부남과 관계를 맺을 뻔한 나 자신을 계속 탓했다. 친구는 "몰랐으니까 어쩔 수 없지. 네 잘못이 아니야"라고 말해주었다. 그러나 다른 여자가 있는 것처럼 보였는데도 왜 제대로 확인하지 않았을까, 몰랐다는 핑계로 끝날 문제인가, 하며 내 안의 또 다른 내가 신랄하게 나를 몰아세웠다. 그로부터 반년이나 지났는데…….

이번 일만이 아니다. 나는 어려서부터 내가 저지르는 부정이나 실패를 용납하지 못했다.

"다정한 새턴이라. 웬일이래."

페르시안이 후후 웃자, "새턴이라니……" 하며 턱시도가 얼굴을 찌푸렸다. 페르시안은 불쾌한 티를 내는 턱시도를 내버려두고 나를 보았다.

"맞아요. 얘 말처럼 자기 자신을 용서해주는 일은 정말 중요해요. 이카리 씨는 본인에게도 너무 엄격하고 또 다른 사람에게도 엄격함을 강요하는 면이 있죠? 그건 좀 아니라고 생각해요."

그 말도 나의 폐부를 깊게 파고들었다. 바로 그 점이 자기 자신에게도, 타인에게도 엄격하다는 소리를 듣는 이유다. 게다가 나는 내가 못 하는 일을 쉽게 해내는 사람에게 괜히 성질을 부리곤 한다. 사실은 부러워 미치겠을 뿐이면서…….

"너그러운 마음을 가지려면 가끔은 자신을 마음껏 편하게 놓아줘야 해요. 또 자기가 정해놓은 기준에 스스로를 옭아매면서 자기 마음을 무시하는 것도 좋지 않죠. 제대로 풀어주고 인정해줘요."

나를 용서하고 편하게 해주는 것도 중요하다. 왠지 알 것 같은 말이다.

너무 참다 보면 결국 때때로 폭발한다. 폭발한 후에는 끝없이 반성한다. 이런 부정적인 반복의 루프에 빠진다. 그러느니 자신을 편하게 해주고 다른 사람을 있는 그대로 인정하는 넓은 마음을 지키는 편이 훨씬 건전하다.

그러나 방금 들은 말 중 한 가지는 잘 모르겠다. 무엇을 해방하고 인정하라는 거지? 미간을 찌푸리며 고민하는데, 페르시안이 아이참, 하며 턱을 괬다.

"아카리 씨, 지금 사랑에 빠졌잖아요?"

나는 놀라서 눈을 크게 떴다.

"사, 사랑? 아니요. 그 사람은 이미 오래전에 잊었는데요."

그에게 아내가 있는 걸 안 순간, 그 사실을 감췄던 점까지 다 합쳐서 더해 그에게 환멸을 느꼈다. 지금은 연애 감정이고 뭐고 없다.

"에이. 그게 아니에요. 내 눈을 속일 수 있을 것 같아요?"

페르시안이 금빛 눈동자를 반짝이며 나를 바라보았다. 마음속까지 꿰뚫어 보는 기분이라 나는 마주 보지 못하고 시선을 피했다.

"아카리 씨는 지금 사랑하는 사람이 당신의 '기준'에서 조금 벗어났으니까 인정하기 싫은 거예요."

무의식적으로 내 어깨가 부르르 떨렸다. 페르시안이 계속 말했다.

"당신의 토성은 자기가 사랑할 상대가 '누구에게나 인정받을 엘리트'이길 원해요. 그러나 당신이 사랑하는 사람은 전혀 거기에 해당하지 않죠. 그러니까 스스로 속이고 감추는 거예요. 그런 면을 제대로 인정해줘야 한다니까요!"

페르시안의 설명을 듣는데, 한 남자가 떠올랐다. 나를 '자기'라고 사근사근하게 부르며 사람 좋게 웃는 지로가.

"아. 아니, 하지만 그 사람은."

게이니까 말도 안 된다고 하려다가 페르시안이 곁눈질로 흘겨봐서 입을 다물었다.

그렇다. 나는 그가 일을 대하는 자세나 누구에게나 사랑받는 점, 그의 예리한 통찰력에 끌렸다. 그러나 '그는 게이니까 말도 안 돼'라고, 내 마음을 계속 속여왔다. 어느새 지로를 보면 기분이 나빠질 정도로……

"상대가 날 연애 상대로 볼 리 없다는 걸 알면서도요?"

지로는 절대 날 좋아할 리가 없다. 그러니까 내가 좋아해봤자 무의미하다는 마음도 있다.

페르시안이 열심히 고개를 끄덕였다.

"아까도 말했듯이, 길을 잃었을 때는 멈춰 서서 지도를 확인해야죠. 자기 자신을 알고 인정하지 않으면 한 발자국도 못 움직여요."

그렇구나. 그가 나를 연애 상대로 보느냐 마느냐의 문제 이전에 내 감정을 알고 인정해야 한다.

나는 그를 좋아해.

인정한 순간, 가슴이 뜨거워졌다. 자연히 눈물이 맺혔다. 볼을 타고 흐르는 눈물이 정말 따뜻했다.

이 눈물은 지금 순간만이 아니라 지금껏 쌓아왔던 그 전부다. 나는 지금까지 살아오면서 자기 자신에게 엄격한 나머지 많은 것을 억눌러왔다.

다른 친구들처럼 나도 하굣길에 군것질도 하고 싶었고, 여름방학에는 머리를 염색하고 싶었다. 귀도 뚫고 싶었다. 그러나 그건 다 '학생이 하면 안 되는 일', '혼날 일'이다. 그런 일탈에 호기심을 느끼는 내 이중적인 마음을 용납할 수 없었다. 그런 짓을 거리낌 없이 하는 아이들을 속으로 욕하고 비난하면서 동시에 부러워했다. 조금 불량스러운 남자아이를 좋아한 적도 있었는데, 그 감정을 죽이고 성실해 보이는 사람을 좋아한다고 나를 속였다.

정말 그랬다. 누구에게나 "야무지고 똑부러진 사람이네"라는 말을 듣고 싶었고, 내가 선택한 사람도 그런 사람이길 원했다. 연애에서만이 아니다. 모든 일에 올바름이 1순위였고, 항상 내 감정은 두 번째였다.

지금 마침내 내 솔직한 마음을 인정했다. 이 멈추지 않는 눈물은 내 안의 내가 기뻐서 흘리는 눈물일지도 모른다.

"아카리 씨, 지금까지 올바르게 산 당신도 당연히 멋집니다. 다만 당신 인생은 벤헴의 흑백 팽이*와 같아요. 회전시키

---

* 벤헴은 영국의 과학자 겸 발명가로, 위아래를 까맣고 하얗게 칠한 팽이를 발명했다. 무채색인 팽이를 돌리면 연한 유채색이 곳곳에 보이는 현상이 나타난다.

면 다양한 색이 아름답게 피어날 거예요. 뭐든 균형이 중요합니다."

턱시도의 말에 옆에서 페르시안이 옳다고 맞장구쳤다.

"한쪽으로 치우치면 세탁기도 잘 안 돌잖아요?"

"비, 그건 대체 무슨 비유야?"

"왜? 알기 쉽잖아?"

둘의 만담 같은 대화에 우리는 즐겁게 웃었다.

"그럼 편히 드세요."

두 고양이가 그렇게 말하고 가게 쪽으로 돌아갔다.

우리는 디저트를 열심히 먹었다. 맛있어서 저절로 웃음이 나왔다. 최고로 맛있는 디저트는 몸과 마음을 채워준다.

깨끗이 그릇을 비운 뒤 길게 숨을 내쉬었다. 문득 사쓰키를 보니, 더없이 만족스럽고 후련한 미소를 머금은 채 밤하늘을 올려다보고 있었다.

나도 아마 똑같은 표정이겠지. 비로소 나 자신을 알고 인정해주었다. 맛있는 디저트가 마음의 위로가 되었는지 목 안쪽을 막았던 무언가, 마음속에 있었던 묵직한 무언가가 싹 가신 듯했다. 두 고양이에게 아무리 감사해도 모자라다.

"정말 고마워요."

감사 인사를 하며 돌아봤는데, 그사이 '보름달 커피점'이 사라져버렸다.

"어라?"

우리는 놀라서 눈을 크게 떴다. 분명히 가게 의자에 앉아 있었는데, 지금 우리는 교토교엔의 벤치에 앉아 있었다.

"어떻게 된 거지?"

몰래카메라라고 하기에는 너무 정교하다. 옆에서 사쓰키가 즐겁게 웃었다.

"혹시 둔갑한 너구리 아니었을까요?"

"네? 너구리? 그럼 고양이가 아니라 너구리?"

턱시도가 너구리처럼 퉁퉁해져서 퉁명스러운 표정을 짓는 모습을 상상했다.

"……."

우리는 얼굴을 마주 보고 푸하하 웃음을 터뜨렸다.

"매니저가 전화를 엄청 많이 했네요."

사쓰키가 스마트폰을 확인하고 씁쓸하게 웃었다.

"그럼 사쓰키 씨, 돌아갈까요?"

내가 일어나자, 사쓰키도 그러자며 일어났다.

"아카리 씨. 저요, 먼저 그 사람 가족에게 사과 편지를 쓰려고 해요."

사쓰키가 걸으며 말했다.

"저도 아버지의 외도 때문에 불행하게 살았으면서 똑같은 짓을 해버렸어요. 너무 끔찍해요. 용서해줄 리 없지만 그래도 사과하고 싶어요."

나는 묵묵히 고개만 끄덕였다.

"그리고 기자회견도 하려고요. 저, 이제 알겠어요. 사람들이 화를 낸 건, 제가 벌인 일 때문에 상처받은 사람이 있기 때문이에요. 그러니까 눈앞에 있는 사람 한 명 한 명이 다 제가 상처를 준 사람인 셈이죠. 그렇게 생각하면서 사과하겠어요. 한동안은 일이 안 들어오겠죠. 그래도 만약 일이 들어온다면, 다른 때보다 더 열정적으로 일할 거예요."

눈동자에 결의를 가득 담은 사쓰키를 보며 나는 웃었다.

"열심히 해요. 나도 응원할게요."

"아, 왠지 든든한데요?"

"응원 정도로 마음이 든든해진다면 얼마든지 할게요."

"저도 아카리 씨를 응원할게요. 좋아하는 사람이 누구예요?"

사쓰키가 몸을 가까이 들이대며 물었고, 나는 크흠 헛기침을 했다.

"그건 일단은 비밀로 할래요."

사쓰키가 아쉽다며 어깨를 움츠렸다.

"좋아하는 사람이 누군지 듣는 건 포기하겠지만……. 저기, 아카리 씨한테 부탁이 있어요."

사쓰키가 말하기 어려운지 머뭇거리며 고개를 숙였다. 뭘까? 혹시 친한 프로듀서를 설득해달라는 부탁일까? 그런데 사쓰키가 한 말은 상상도 못 한 말이었다.

"다음에 또 맛있는 디저트를 먹으러 같이 가주실래요?"

수줍어하며 말을 꺼낸 그를 보자 입가에 웃음이 번졌다. 동시에 아까 먹었던 디저트의 맛이 되살아났다.

"당연하죠."

내가 힘주어 말하자, 사쓰키가 기뻐하며 미소를 지었다.

나 자신을 알고 새롭게 첫걸음을 내디딘, 신비로운 보름달이 뜬 밤이었다.

제3장

수성 역행 때의 재회

전편 수성 크림 소다

1

아, 또 이런다.

컴퓨터를 앞에 두고 '쳇' 혀를 차며 머리를 긁적이자 대학 동기이자 스타트업 파트너인 야스다 유이치가 "왜 그래, 미즈모토?" 하고 다가오더니 등 뒤에서 모니터를 들여다보았다.

"데이터가 손상된 것 같아."

미즈모토 타카시가 크게 한숨을 쉬더니, 의자 등받이에 털썩 몸을 기댔다.

"헉, 괜찮아?"

놀랐는지 안색까지 굳어진 야스다를 보며 당사자인 미즈모토는 도리어 피식 웃었다.

"그야 당연히 백업을 제대로 해놨으니까 괜찮지만……."

"뭐야, 사람 놀라게 해."

"그래도 말이야……."

귀찮은 건 똑같다. 그도 잘 알고 있을 테니 더는 말할 필요도 없다. 미즈모토는 아무 말 없이 커피를 한 모금 마셨다.

이곳은 오사카 우메다역 근처 오피스 빌딩이다. 우메다에 사무실이 있다고 하면 제법 큰 회사 같지만, 고작해야 열 평 남짓의 작은 회사다. 공동 창업자인 미즈모토 타카시와 야스다 유이치 둘이서 꾸리는 소규모 IT 회사다. 회사 이름은 미즈모토·야스다의 영문 이니셜을 딴 'MY시스템즈'다. 문자만 보면 '마이시스템즈'라고 읽게 되는데, 사실은 '엠와이시스템즈'다.

"IT 회사를 경영한다니 대단하다. 그런데 주로 하는 일이 뭐야?"

술을 마시러 가면, 여자들이 반드시 이렇게 묻는다. 얼마 전, 어렸을 적부터 알고 지내던 친구를 만났을 때도 같은 질문을 받았다. IT 회사라고 하면 인식 자체는 괜찮은데, 정확히 무슨 일을 하는지 모르는 사람이 태반이다.

미즈모토는 주로 서버 시큐리티 엔지니어로 일한다. 기업 사이트 서버의 설치 및 구축, 운용과 보수를 맡는다. 야스다는 크리에이티브 분야 담당으로, 기업 사이트를 디자인하고

157

요즘은 소셜게임도 만든다.

미즈모토는 야스다와 대학 시절에 만났다. "스타트업 생각이 있으면 학교 다닐 때 같이 한번 도전해보자. 실패하더라도 지금이 우리 인생에서 가장 타격이 적을 때잖아"라는 그의 말에 설득되어 함께 회사를 차렸다.

어차피 아직 학생이니까 실패해도 괜찮다. 그런 거침없는 태도가 잘 먹혔는지 회사는 순조롭게 궤도에 올랐고, 지금은 썩 괜찮은 매출을 자랑한다. 초반에는 집을 사무실처럼 썼는데 세금 문제도 있거니와 사생활과 일이 잘 구별되지 않다 보니 우메다에 사무실을 장만했다. 사무실이 넓지는 않아도 둘만 있으니 이 정도도 괜찮다.

"아, 제길. 일부는 다시 입력해야 해."

"아이고, 안타깝기 그지없습니다."

남이 고생하는 상황이 재미있는지 야스다가 합장하는 시늉을 하며 놀려댔다. 밝고 놀기 좋아하는 사람처럼 보이는 야스다는 대학 시절이나 지금이나 똑같다. 대학을 졸업하고 5년이나 지났는데 여전히 대학생처럼 보일 정도다. 그래도 IT 업계에는 이런 사람이 많은 편이다.

미즈모토는 야스다와 정반대여서 차분하다는 소리를 듣는다. 학생 때부터 회사원으로 오해 받은 적이 한두 번이 아니다.

회사를 차리고 대표가 되었으니 다른 회사 관계자들과 미팅하는 일도 잦아졌다. 젊고 가벼워 보이는 야스다를 거래처 사람들이 미덥지 않아 한다면, 미즈모토를 보면 안심하고 믿어준다. 미즈모토가 생각하기에 그럭저럭 괜찮은 콤비다.

야스다가 "그나저나" 하며 허리에 손을 올렸다.

"이쪽 일을 하다 보면 데이터 트러블이야 뭐 지긋지긋하게 생기는 일이지만 너는 좀 많은 편 아니냐?"

"누가 아니래."

미즈모토가 한숨을 쉬며 대답했다. 미즈모토 자신이 생각하기에도 이런 일들이 남들보다 잦은 것 같다. 게다가 이상하게 비슷한 트러블이 최근 들어 반복되고 있다.

일단 트러블이 생기기 시작하면, 데이터 파손으로 끝이 아니라 평소에는 멀쩡히 들어오던 중요한 메일이 스팸메일로 분류되고, 전철이나 비행기가 연착하는 일도 생긴다.

그런 생각을 하다가 문득 '또 중요한 메일이 스팸메일함으로 가 있는 건 아닐까?' 하고 불안해져서 마우스로 손을 뻗었다. 메일을 확인하고, "아, 역시……" 하며 미즈모토는 이마에 손을 짚었다.

"왜 그래?"

"아는 사람이 보낸 메일이 스팸메일로 들어갔어."

"우리 업무 관련된 사람?"

"아니, 친구라고 해야 하나. 같은 초등학교에 다닌⋯⋯."

미즈모토는 저도 모르게 말끝을 흐리는 걸 느꼈다. 야스다가 눈을 반짝이며 돌아보았다.

"혹시 우메다의 유명한 미용실에서 일한다는 여자?"

"아, 말한 적 있었나?"

되묻자마자 떠올랐다. 그녀와 만난 날. 미즈모토는 드물게도 조금 들떠서 사무실에 돌아오자마자 무슨 일이 있었는지 야스다에게 소상히 말해주었다.

두 달 전쯤 일이었다.

점심시간에 빵을 사러 밖에 나갔다가 빵집에서 우연히 한 여성이 미즈모토에게 말을 걸어왔다.

"혹시 미즈모토 씨 아니세요? 예전에 부모님이 건설업을 하셨던 걸로 기억하는데⋯⋯."

웃는 얼굴이 인상적인, 느낌 좋은 사람이었다. 하지만 누군지 생각나지 않아 미즈모토는 어리둥절해하며 미간을 찌푸렸다. 그러자 여성이 당황해하며 사과했다.

"아, 사람을 잘못 봤나 봐요. 죄송합니다."

미즈모토는 "아닙니다" 하고 대답했다.

"맞아요. 제가 미즈모토이고, 부모님은 건설업을 하셨습니다만……, 누구시죠?"

여성은 그리 크지는 않아도 동글동글한 눈을 한껏 떴다. 곧 후후 웃었다.

"그렇구나, 나를 기억 못 할 수 있겠네. 하야카와 메구미라고 해요."

이름을 들어도 잘 모르겠다. 이야기를 들어보니, 같은 초등학교에 다녔다고 한다. 외모만 봤을 때는 동갑인 줄 알았는데, 여성 쪽이 세 살 연상이었다. 공통점은 등하교 그룹이 같았다는 점 정도이니 미즈모토가 기억하지 못하는 것도 당연했다. 오히려 상대방이 자신을 기억하는 것이 의외였다.

"미즈모토 씨는 당연히 기억하죠. 그때 정말 인상 깊었으니까……. 그때는 고마웠어요, 미즈모토 씨."

다정한 미소에 미즈모토는 어떻게 반응해야 할지 몰라 쩔쩔맸다. 여성이 말하는 '그때'가 뭔지는 기억하지만, 고맙다는 소리를 들은 일은 안 했던 것 같다.

여성은 이 근처 미용실에서 일한다고 말하고 빵집을 나갔다. 그 미용실은 미즈모토도 자주 지나가는 길가에 있다. 그래서 이후 여성과 종종 마주쳤다. 그는 미용실 유리 너머로 미즈모토를 보면 웃으며 손을 흔들었다. 미즈모토는 쑥스러움을 억누른 무표정으로 인사를 되돌리는 것이 고작이었다.

'저 미용실에는 남자 손님도 꽤 많던데, 나도 조만간 머리라도 잘라달라고 해야겠다.'

그렇게 생각했는데, 최근 들어 그의 모습이 보이지 않았다. 근무 시간 문제로 어쩌다 보니 못 본 것일까, 혹시 어디 몸이라도 아픈 걸까. 미즈모토는 혼자 걱정했다.

그러던 차에 하야카와 메구미가 회사로 메일을 보낸 것이다. 스팸메일로 분류되어서 몰랐는데, 이틀 전에 보낸 메일이었다.

「MY시스템즈의 미즈모토 타카시 씨. 오랜만이에요. 같은 초등학교에 다녔던 하야카와 메구미라고 해요. 전에 만났죠? 연락처를 몰라 이쪽으로 메일을 보내요.」

이렇게 시작하는 메일이었다. 그러고 보니 연락처도 교환하지 않았다. 미즈모토가 전에 말했던 회사 이름을 검색해 사이트를 찾아냈나 보다.

「사정이 생겨 얼마 전 우메다의 미용실을 그만뒀어요. 지금은 부모님이 운영하는 미용실에서 잠시 일하는 중이에요. 잠시라고 한 이유는, 따로 하고 싶은 일을 찾았거든요. 그래서 개인 홈페이지를 만들고 싶은데, 혹시 상담할 수 있을까요?」

메일을 읽는 동안 미즈모토의 심장이 빠르게 뛰었다.

"그 미용사 말이지?"

등 뒤에서 야스다가 물어 미즈모토의 어깨를 움찔 움츠렸다. 웹사이트 제작은 미즈모토가 아니라 야스다 담당이다. 그래도 개인용 웹사이트 정도라면 미즈모토도 만들 수 있다. 미즈모토는 모니터로 시선을 돌렸다.

"우메다 미용실을 그만뒀다는 소식이야."

그 말에 야스다는 흥미를 잃었는지 헹, 하고 맞은편의 자기 책상으로 돌아갔다.

미즈모토는 살짝 안도하며 하야카와 메구미에게 「언제라도 괜찮습니다. 만나기 편한 곳을 일러주시면 거기로 찾아뵙겠습니다.」라고 답메일을 썼다. 전혀 문제없는 문장을 몇 번이나 다시 읽어보고 발신 버튼을 누른 그때였다.

"으에에엑!"

야스다가 괴상한 소리를 냈다.

"왜 그래?"

미즈모토가 미간을 찌푸리며 고개를 들었다. 야스다가 "아니, 이거 좀 들어봐" 하며 잔뜩 흥분해서 외쳤다.

"지금 내가 만드는 게임 있잖아."

야스다가 한번 보라며 스마트폰 화면을 내밀었다. 남성 캐릭터 일러스트로 화면이 가득했다. 예쁘고 아름다운, 요즘 한창 유행하는 일러스트 스타일로 야스다가 만드는 여성용 소설게임이다. 만든다고 해도 야스다는 디자인과 시스템 구축만 맡고, 시나리오는 외주를 준다.

"요즘 조연의 엔딩 시나리오가 좋아서 생각보다 평판이 괜찮거든."

"아아."

그 소식이라면 잘 아니까 미즈모토는 고개를 끄덕였다.

이런 연애 게임은 공략할 캐릭터를 고를 수 있다. 레벨별로 캐릭터를 공략하면서 성취감을 느끼는 게임이다. 그런데 어려운 캐릭터를 공략하는 데 계속 실패해 조연 캐릭터와의 결말을 억지로 보게 되는 플레이어도 있고, 조연과 맺어지는 결말을 일부러 선택하는 플레이어도 있다.

이번에는 한 조연 캐릭터와의 스토리가 상당히 좋은 평가를 받았다. 그 조연 캐릭터는 다른 남성 캐릭터와 비교해 외모가 잘생긴 편도 아니고, 돈이 많지도 않다. 농밀한 러브신이 펼쳐지지도 않는다. 그래도 조연 캐릭터는 자기가 할 수 있는 최대한의 성의를 보여주었고, 마지막에는 "나에게 너는 공주님이니까 너와 함께 있으면 나도 마음만은 왕자님이 돼. 내게 멋진 시간을 만들어줘서 고마워"라고 고백하며 마치 귀

공자처럼 주인공의 손을 잡고 손등에 입을 맞춘다.

그런 스토리와 조연 캐릭터의 순수함이 취향 저격이라면서 SNS상에서 화제가 됐고. 이후 '두 사람의 다음 이야기를 보고 싶어!', '두 사람에게 더 진한 러브신을!', '그 이야기를 읽을 수 있다면 기꺼이 돈도 낼 수 있어!' 하는 의견이 나오기에 이르렀다.

"네 게임의 시나리오 담당이 'SERIKA'라는 작가였지?"

야스다가 개발하는 게임이지만 회사 일이다 보니 미즈모토도 그 정도는 알고 있다.

"맞아. 그런데 여기서부터 놀랄 '노' 자야. 그래도 놀라지 마라?"

야스다가 손으로 스마트폰을 가렸다. 그렇게까지 다짐을 하면 놀라고 싶어도 못 놀라겠다. 미즈모토는 표정을 굳히며 고개를 끄덕였다.

"요즘 반응이 워낙 좋다 보니 작가한테 조연의 다음 시나리오도 의뢰했거든. 그랬더니 작가가 얼마나 기뻐하던지……."

"그야 이렇게까지 인기니까. 작가도 좋겠지."

"그랬더니 이런 기사가 떴어."

야스다가 다시 스마트폰 화면을 미즈모토에게 보여주었다.

「순수해서 사랑스럽다! 가슴이 두근거린다! 최근 여심을 사로잡은 조연과의 엔딩 스토리. 모바일게임의 무명 시나리오 작가 'SERIKA', 알고 보니 세리카와 미즈키였다!」

"에엥?"

미즈모토는 자기도 모르게 야스다의 손에서 스마트폰을 빼앗았다.

"놀랍지 않아? 우리 시나리오를 맡아준 작가가 한 시절을 풍미한 그 세리카와 미즈키였다니, 기절초풍하고도 남을 일이야."

"그러게."

미즈모토는 순순히 수긍하며 기사를 읽었다. 기자가 현재 화제 중심의 시나리오 작가 'SERIKA'에게 인터뷰를 의뢰했더니 흔쾌히 수락했고 대화 중에 자신이 '세리카와 미즈키'라고 밝혔다는 내용이었다. 세리카와 미즈키는 조연 캐릭터의 엔딩 스토리지만, 게이머들이 조금이라도 더 즐겁게 플레이하기를 바라며 시나리오를 썼는데 화제가 되어 기쁘다고 말했다.

"놀랄 줄은 알았는데 생각보다 더 놀란다? 어이, 스마트폰 돌려줘."

히죽히죽 웃으며 손을 내민 야스다에게 미즈모토는 아무 말 없이 스마트폰을 돌려주었다. 세리카와 미즈키라니······.

미즈모토는, 그가 아무리 역대 최고의 시나리오 작가라 하더라도 이렇게까지 놀라진 않았을 것이다.

의외의 소식에 당혹감을 감출 수 없었던 미즈모토가 딩동하는 메일 수신 알람에 정신이 번뜩 들었다. 컴퓨터에 온 메일은 스마트폰으로도 바로 볼 수 있게 설정해놨다. 하야카와 메구미의 메일이었다.

「정말 고마워요. 다음주 월요일이 우리 미용실 정기휴무일인데, 그때 가게로 와줄 수 있을까요?」

미즈모토는 기분 좋게 웃으며 얼른 답장을 보냈다.

2

"젠장, 또냐."

하야카와 메구미와 만나기로 약속한 월요일. 미즈모토는 짜증과 분노에 휩싸인 채 전철에 올라탔다.

메구미와의 약속은 오후다. 그전까지 집에서 일 좀 하고 가야지 하고 스마트폰 알람을 설정해두었는데, 어찌 된 영문인지 알람은 울리지 않았고 시간은 훌쩍 지나고 말았다.

부랴부랴 준비하고 나섰는데, 설상가상 전철이 벼락을 맞아 웬만해선 늦지 않는 전철이 지연되고 있었다. 간신히 전철을 타고 아슬아슬하게 늦지는 않을 것 같아서 크게 한숨을 쉬며 의자에 몸을 기댔다. 벼락이 떨어졌다고는 믿어지지 않는 맑은 하늘이다.

메구미의 부모님이 운영하는 미용실은 후시미 오테스지 상점가에 있다고 했다. 미즈모토는 지금 오사카 요도야바시에서 혼자 살고 있으므로 게이한전철을 타고 미용실과 가까운 역인 '후지미모모야마'에서 내리면 된다.

도대체 알람이 왜 안 울렸지……. 스마트폰을 꺼내 원망스럽게 노려보았다. 잘 보니 시간만 맞춰놓고 설정 버튼을 안 누른 모양인데, 자신이 이런 실수를 저지르다니 믿을 수 없다. 데이터는 파손되고 메일은 제대로 안 오고 전철은 늦고……. 가끔 이런 일이 갑작스럽게 연달아 생긴다.

미즈모토는 스마트폰으로 회사 SNS에 접속했다. 인터넷은 '세리카와 미즈키'로 뜨겁게 달아올랐다.

「세리카와 작가님의 시나리오라니 정말 놀랐어.」

「이제야 이해됨. 그래서 재미있었구나.」

「다음 스토리도 공개된다고 하니까 기대된다.」

「결제 준비 완료!」

호의적인 목소리가 대부분이었다.

「한때 히트 제조기가 이름을 바꾸고 조연 스토리나 쓰다니 보기 좋게 추락했네.」

이런 부정적인 의견도 올라오기는 했지만 거의 눈에 띄지 않았다.

"세리카와 미즈키에 하야카와 메구미라……."

하야카와 메구미는 기억 못 했지만 세리카와 미즈키라면 똑똑히 기억한다. 각종 트러블이 연달아 생긴다 싶더니 이렇게 그리운 사람과 다시 만났다. 신기한 일이다. 미즈모토는 슬쩍 웃었다.

앞으로 20분이면 도착할 지점까지 와서 전철이 다시 멈춰서더니 「낙뢰로 인해 앞 열차에 전기 사고가 발생했습니다. 곧 출발할 예정이오니 잠시 기다려주십시오. 열차 이용에 불편을 드려 죄송합니다」라는 방송이 나왔다. 이건 또 무슨 일이래. 미즈모토는 이마를 짚었다.

조바심이 나서 성질을 부리며 메구미에게 메시지를 보냈다. 전철 지연으로 조금 늦는다고 말하자 「알았어요. 걱정하지 말고 천천히 와요」라고 답변이 왔다.

일단 안심하고 어깨에서 힘을 뺐다. 전철은 한동안 움직이지 않을 것이다. 잠깐 잘까. 오늘 하야카와 메구미를 만나러 간다고 생각하니까 어젯밤은 긴장해서 잠을 못 잤다.

미즈모토는 팔짱을 끼고 눈을 살짝 감았다. 아주 잠깐만이라도 잠들면 좋겠다고 생각했는데, 정말로 잠이 들었나 보다. 꿈속에서 누군가가 "자, 이제 다 왔어"라며 어깨를 두드렸다.

「다음 역은 후시미모모야마―.」

안내 방송 소리에 미즈모토는 번쩍 눈을 떴다. 어느새 전철이 움직여 목적한 역에 도착했나 보다.

"위험했다. 자다가 지나칠 뻔했어."

미즈모토는 아직 전철이 서지도 않았는데 허둥거리며 일어나 미간을 꾹 눌렀다. 선잠인지 깊은 잠을 잤는지는 모르겠지만, 꿈을 꿨다. 좋은 꿈이었던 것 같은데 전혀 기억이 나지 않았다.

3

드디어 후시미모모야마역에 도착했다. 평소라면 1시간이면 도착할 거리를 1시간 반이나 걸렸다. 그래도 전철에서 잠시 졸고 났더니 전과 다르게 미즈모토는 기분이 좋아졌다. 짧은 낮잠은 정신건강에 좋다고 하던데 기분 전환에 도움이 되어서 그런가 보다. 하야카와 메구미에게 늦는다고 연락도 해두었으니 서두르지 않고 역에서 나왔다.

"그러고 보니 여기 상점가 입구가 조금 독특하다던데."

모처럼 독특하기로 유명한 곳에 왔는데 제대로 구경해야지 싶어 입구에서 멀찌감치 떨어져 서 보았다.

오테스지 상점가는 아케이드 바로 앞에 선로가 있다. 차단기가 내려와 아케이드 출입구를 막으면 전철이 그 앞을 지난다. 왠지 신비로운 광경이어서, 내면의 동심이 자극받아 두근거렸다. 아케이드를 등지고 돌아보자 바로 앞에 고코노미야 신사의 도리이*가 보였다. 상점가 맞은편에 역사 깊은 신사가 있다.

"이 동네도 좋네."

미즈모토의 집은 원래 교토 시내에 있었다. 부모님은 작은 건설회사를 운영했는데, 지금은 은퇴해서 교토 시외에 산다. 부모님과 교토 시내에 살 적에는 부모님도 자신도 바깥 세계를 제대로 보지 못했다. 교토 시내에 사는 사람들은 "후시미는 교토가 아니야"라고 장난처럼 말하는데, 사실 그 말에는 후시미를 무시하는 마음도 어느 정도 깔려 있다. 그래도 한 걸음 떨어져서 교토를 바라보니, 시내고 시외고 할 것 없이 제각각 독특한 문화가 있어서 좋았다.

오테스지 상점가 입구에 「OTE OTESUJI」라는 간판이 걸렸다. 아케이드로 들어가자 상상했던 그대로 고풍스러운 상점들이 양옆으로 즐비해 있었다.

"상점들도 멋있네."

활기 넘치는 즐거운 분위기였다. 복고풍 다방도 있고, 요즘 유행하는 세련된 카페도 있다. 과자가게, 빵집, 선술집, 슈퍼,

---

* 일본 신사 앞에 세워진 기둥 두 개와 가로대가 놓인 문.

드러그스토어 등 온갖 상점들이 다 모여 있으니 웬만한 것들은 여기에 다 있을 것 같았다.

'다이코지'라는 절도 보였다. 미즈모토는 스마트폰으로 '다이코지'를 검색했다.

아미타여래와 약사여래, 히기리지장*을 모셨다고 한다. 후시미노미야 가문**과 인연 있는 절로, 가마쿠라 시대***에 지어진 유서 깊은 절이라고 한다. 이렇게 상점가에 역사 깊은 절이나 신사가 자연스럽게 있는 점도 교토답다.

상점가를 걷다가 미용실 「아쿠아」의 물빛 간판을 발견했다. 하야카와 메구미의 말대로 「정기휴무」라는 팻말이 걸려 있었다. 살짝 긴장된 마음으로 문을 두드렸다.

"아. 네. 들어오면 돼요."

하야카와 메구미의 목소리가 들렸다. 실례하겠다고 인사하며 문을 열었다.

흔히 보는 오래된 미용실이었다. 일하는 중인지 까만 허리 앞치마를 두르고 메구미가 웃고 있었다. 메구미의 환한 미소에 들뜬 마음을 들킬까 봐 얼른 표정을 가다듬었다. 미용 의자에 손님이 앉아 있었다. 서른 초반쯤으로 보이는 여성이 조

---

* 날을 정해 기도를 올리면 소원을 들어준다고 하는 지장보살.
** 일본 왕실 일가 중 하나.
*** 1185~1333년.

금 긴장한 얼굴로 거울을 보고 있었다.

"미즈모토 씨, 거기 소파에 앉아서 잠깐 기다려줄래요?"

메구미가 미안하다는 제스처로 두 손을 모으고 손님 뒤에 섰다. 미즈모토는 시키는 대로 소파에 앉았다. 메구미는 손님의 머리에 헤어 미스트를 뿌리고 꼼꼼히 빗겼다. 이어서 멋진 손놀림으로 머리카락을 땋아 세팅했다.

"짠, 다 됐어."

손님의 어깨를 가볍게 두드렸다.

"고마워, 메구. 대단하다……. 이렇게 살짝 손만 대도 전혀 달라 보이네."

보아하니 손님은 메구미의 친구인가 보다.

"그야 사람은 다 '털'로 바뀐다고 하잖아."

메구미가 검지를 척 세웠다.

"'털'로 바뀐다고?"

"남자도, 여자도, 심지어 동물도 '털'을 정리하기만 해도 분위기가 확 달라지거든. 특히 여성은 '눈썹'과 '속눈썹'과 '머리카락', 이 세 가지."

메구미가 작은 빗으로 손님의 눈썹을 정리하고, 뷰러로 속눈썹을 올렸다. 메구미의 말대로 머리카락과 눈썹과 속눈썹을 다듬자 여성은 처음 들어왔을 때와 전혀 다른 사람처럼 보였다. 그 손님도 달라진 자기 모습이 마음에 들었는지 거울을 보며 기뻐했다.

"정말 고마워."

"아니야. 나야말로 좋은 일을 소개해줘서 고마워."

"그거야말로 내가 할 소리다. 지로 씨도 기뻐할 거야. 네 실력은 최고니까."

"그렇게 말해주니까 행복하다. 지로 씨한테도 잘 부탁한다고 전해줘."

"응, 그럴게."

"지금 바로 만나러 가는 거지? 예뻐진 널 보고 놀라겠다."

메구미가 케이프를 벗기며 말하자 손님은 "으, 으응" 하고 어색하게 고개를 끄덕이며 의자에서 내려왔다.

"그럼 또 봐."

"응. 다음에 밥 먹자."

"그러자."

가볍게 대화를 나누며 손님이 미용실을 나갔다. 메구미는 웃으며 친구를 배웅하고, 미즈모토를 보았다.

"일부러 여기까지 와줘서 고맙고, 또 기다리게 해서 미안해요. 미즈모토 씨. 늦는다고 해서 잠깐 친구 머리 좀 해줬어요. 아, 지금 친구는 일 때문에 할 이야기가 있어서 온 거예요."

"아, 아니요. 저야말로 늦어서 죄송합니다."

괜찮다며 메구미가 고개를 저었다.

"커피?"

"아, 네."

"아이스랑 뜨거운 거, 뭐가 좋아요?"

목이 말라서 아이스라고 대답하며, 긴장을 풀려고 넥타이를 조금 느슨하게 했다. 일단 상담이 목적이니까 양복을 입었다. 아니, 상담은 사실 '구실'이다. 패션 감각에 자신이 없어서 양복이라면 무난하다고 생각했다.

솔직히 말해서 메구미는 전형적인 '미인'도 아니며, 미즈모토의 이상향과도 거리가 멀다. 그런데도 메구미와 처음 마주친 그날부터 자꾸만 메구미를 의식하게 된다. 왜 이럴까. 미즈모토 본인도 이유를 도무지 모르겠다.

곧 메구미가 쟁반을 들고 소파로 왔다. 쟁반에는 아이스커피가 담긴 컵이 놓여 있었다. 아이스커피에 벌써 우유를 부어서 새까만 커피 안에 흰색이 은은히 퍼지는 중이었다.

"아, 우유랑 시럽을 조금 넣었는데 괜찮아요? 단 거 별로면 내가 마셔도 돼요."

"아, 괜찮습니다. 뜨거운 커피는 그냥 마시지만 아이스커피에는 우유와 시럽을 넣거든요."

메구미가 다행이라며 테이블에 컵을 놓았다.

"'아침놀 시럽을 넣은 아이스커피'입니다."

"네?"

미즈모토가 멍하게 반응하자, 메구미가 장난스럽게 웃었다.

"얼마 전에 신비한 꿈을 꿨거든요. 꿈에서 마신 아이스커피가 정말 맛있어서 혼자 어떻게든 재현해보려고 했는데, 쉽지 않더라고요……."

그 말을 들은 순간, 미즈모토의 입안에 소다 맛이 번졌다. 입을 다문 미즈모토를 보고 메구미가 미안하다며 멋쩍게 웃었다.

"꿈에서 마신 아이스커피 맛을 기억한다니 좀 이상하죠?"

그 말에 미즈모토는 고개를 저었다.

"사실은 저도 여기 오는 전철에서 깜빡 졸다가 꿈을 꿨어요. 꿈은 기억이 정확히 잘 안 나는데, 분명 뭘 마셨던 것 같아요. 그런데 그게 정말 맛이 있었어요."

메구미가 미즈모토와 90도 각도로 떨어진 소파에 앉더니, 흥미진진하게 몸을 내밀었다.

"어떤 꿈인데요?"

미즈모토는 가슴이 뛰어서 살짝 몸을 젖혔다.

"그게, 잘 기억이 안 나서……."

어떤 꿈이었더라…….

4

그래.

꿈에서도 전철을 탔다. 어디선가 베토벤 〈전원〉 교향곡이 들렸다. 전철은 음악에 박자를 맞춰 전원을 가로질렀다.

'응? 왜 이런 곳을 달리는 거지?'

이상하게 멍한 머리로 의아하게 생각했다. 빛이 아주 밝았는데, 풍경은 흐릿하게 보였다.

아하, 꿈을 꾸는 중이구나. 열차의 진동이 마치 흔들리는 요람처럼 기분 좋았다. 지금 꾸벅꾸벅 졸며 꿈을 꾸는 것이다.

전철은 푸르른 전원을 달리고 또 달리더니 전원 한가운데에 덩그러니 섰다. 전철을 탄 사람들이 즐겁게 내렸다. 나도 느릿느릿 일어나 내렸다. 드넓게 펼쳐진 지평선 너머로 산이 보였다. 어디서 본 것 같은 풍경이다. 멍한 머리로 생각했다.

'아, 그래. 생각났다.'

지금 부모님이 사는 곳과 비슷하다. 교토부 난탄시 미야마. 어릴 적 부모님과 함께 미야마에 놀러 간 적이 있었는데, 그때 부모님이 한적한 전원의 풍경을 바라보며 "은퇴하면 이런 데서 느긋하게 살고 싶네"라고 했다.

산들바람이 정말 기분 좋게 불었다. 푸르른 전원 위로 붉은 저녁놀이 하늘에 펼쳐졌다. 새하얀 보름달이 모습을 드러냈고, 저 길 앞에 트레일러 카페가 있었다. 트레일러 앞에는 나무로 만든 테이블 세트가 여럿 놓여 있었다. 전철에서 내린 손님들이 그곳에 앉아 있었다. 분명 사람이 앉아 있는 건 알겠는데, 그림자만 보이고 얼굴은 잘 보이지 않는다. 꿈이어서 불확실한가 보다.

나는 비어 있는 2인 자리에 앉았다. 그러자 누군가 와서 내 앞에 잔을 놓았다.

"드세요. '수성 크림소다'입니다."

풍경도 사람 모습도 어렴풋한데, 그것만은 확실히 보였다. 소다 위에 아이스크림과 체리를 얹은, 말 그대로 '크림소다'였다. 다만 일반적인 크림소다와 다르게 소다는 초록색이 아니라 맑은 물빛이었고, 아이스크림도 바닐라 색이 아니라 흰색에 가까운 회색이었다.

잔을 가까이 끌어와 빨대를 물었다. 목으로 넘어간 물빛 크림소다는 아주 청량하고 적당하게 달았다. 크림소다가 초록색에서 아름다운 물빛으로 바뀌었을 뿐인데 신선해보이는 것처럼, 맛도 익숙하면서 어딘지 모르게 새로웠다. 연회색 아이스크림은 셔벗이었다. 레몬 맛이 살짝 나는 게 소다와 절묘하게 어울렸다.

맛에 푹 빠져 있는데, 불만에 가득한 여성의 목소리가 옆에서 들려왔다.

"메일은 자꾸 오류가 생기고 데이터는 계속 손상되고 이번에는 전철 지연까지……. 말 그대로 수성 역행 중이네."

지금 이거 내 얘기인가……. 내 마음의 소리를 대변해준 것 같아 나도 모르게 그쪽으로 얼굴을 돌렸다. 그런데 사람이 아니라 고양이가 있었다. 페르시안이나 친칠라처럼 흰털이 풍성한 고양이다.

고양이가 말을 하네?

"……비, 내 잘못인 것처럼 말하지 마."

맞은편에도 고양이가 앉았다. 눈동자가 물빛인 샴 고양이로, 목소리가 꼭 소년 같다.

"뭐야, 머가 나쁘다는 소린 한마디도 안 했는데?"

182

"머라니……. 그냥 머큐리라고 불러줄래?"

"너도 날 비라고 부르면서?"

"네 이름은 부르기 힘들어."

"비너스가 왜? 부르기 쉽잖아."

"그런 의미가 아니라……."

페르시안 고양이의 이름은 비너스이고 샴 고양이는 머큐리인가 보다. 사람들은 여전히 두루뭉술하게 그림자로만 보이는데, 고양이의 모습은 또렷하다. 게다가 말까지 하다니, 꿈치고도 특이하다.

그건 그렇고 '수성 역행'이 뭐지? 나도 모르게 고양이 두 마리를 빤히 쳐다봤나 보다. 비너스가 "안녕!" 하며 나를 보고 손을 흔들었다. 나는 어색하게 마주 인사하고 다시 크림소다를 마셨다. 역시 맛있고, 왠지 모르게 향수를 불러일으킨다.

"'수성 크림소다'라니, 노스탤직하면서 수성 역행과 딱 어울리는 메뉴네. 역시 마스터야."

비너스가 말하자 머큐리가 "그러게" 하며 수긍했다. 내 크림소다를 보면서 한 말이니까 나도 조심스럽게 물어보았다.

"저기……. 저도 요즘 이런저런 문제가 생겨서 그러는데, 방금 이야기한 '수성 역행'이 뭐죠?"

어차피 꿈이니까 편하게 질문했다. 평소의 나라면 절대 못

했을 것이다. 머큐리가 음, 하며 물빛 눈동자를 가늘게 떴다.

"'수성 역행'은 수성의 역행이지."

머큐리가 간단히 대답하자, 비너스가 입술을 삐죽였다.

"그게 설명이 되니? 수성은 말 그대로 행성인 수성을 말하는데, 일 년 중 세 번쯤 수성이 역행하는 기간이 있어요."

역행이라니? 나는 고개를 갸웃거렸다.

"태양계 행성이 어떻게 역행하죠?"

이 질문에는 머큐리가 대답했다.

"그야 수성이 진짜로 역행하는 건 아니죠. 그냥 지구에서 봤을 때 '수성이 역행하는 것처럼 보이는 순간'이 있어요. 말하자면 착시의 일종."

착시의 일종이라. 나는 팔짱을 꼈다.

"태양계 행성 중에서 수성이 가장 태양 가까이에서 공전하니까 지구와 속도가 달라서 역행하는 것처럼 보일 때가 있어요. 전철을 탔거나 고속도로를 달릴 때, 옆에 가는 전철이나 자동차가 같은 방향으로 가는데 뒤로 가는 것처럼 보이기도 하잖아요?"

이해하기 쉬운 예였다. 나는 아하, 하고 손뼉을 쳤다.

"그게 일 년에 세 번쯤 있다고요?"

"네, 대충은. 세 번이라도 한 번에 대략 삼 주 정도 걸리는 편이에요."

생각보다 길다고 생각하고 있는데 비너스가 "꽤 길죠?"라고 말했다.

"수성은 전파나 커뮤니케이션을 관장하는 별이에요. 그런 수성이 지구에서 봤을 때 역행하면, 수성 에너지가 반대로 작용하기도 해요. 그러니까 역행 기간에는 전자, 통신, 기술 계통에 트러블이 쉽게 생겨요. 메일 수신이 안 되거나, 이렇게 전철이나 비행기가 연착하거나."

비너스의 말에 나는 "아하" 하고 고개를 끄덕였다. 듣고 보니 데이터나 전달 계통에 트러블이 생기면, 항상 한 달가량 이어졌다. 매일 초조해하다가 문득 정신을 차리면, 언제 그랬냐는 듯이 다시 멀쩡해진다.

"그래. 가끔 이런 일이 생기는 게 다 수성이 역행하기 때문이었구나……."

그렇게 수긍하다가 이내 아니지, 하고 얼굴을 찌푸렸다.

"내 친구 야스다한테는 그런 일이 안 생겨요. 그건 왜죠?"

데이터 파손에 전철 고장까지 나에게는 온갖 문제가 일어나는데, 야스다는 아무 문제 없이 여유만만이다.

"수성 역행의 충격을 잘 받는 사람과 잘 받지 않는 사람이 있거든요. 별의 배치나 시기에 따라 다르지만, 당신은 제6하우스에 수성이 있으니까 그 영향도 있겠네요. 수혜도 받지만 폐해도 있달까?"

머큐리가 시원시원하게 말했다.

"제6하우스에 수성? 그건 무슨 뜻이죠?"

"점성학이에요."

비너스가 대답했다.

"제6하우스는 일과 건강을 암시하는 곳이에요. 당신은 거기에 수성이 있어요. 그러니까 정보 통신 기술과 밀접한 IT 산업은 당신한테 잘 맞는 직종이죠. 다만 그만큼 영향을 받기 쉬워요."

흠. 고개를 끄덕이며 들은 말을 머릿속으로 정리했다.

나의 경우 일을 암시하는 제6하우스에 수성이 있다. 그래서 다른 사람보다 수성의 수혜를 받지만, 반대로 안 좋은 영향을 받기도 쉽다. 정확한 의미는 모르겠지만 대충 이런 소리겠거니 이해했다.

남들보다 쉽게 영향을 받는다면, 수성 역행 기간에는 일을 많이 하지 말고 느긋하게 지내는 편이 좋겠다. 끝없이 펼쳐진 전원 풍경을 바라보며 심호흡했다. 오랜만에 부모님을 뵈러 갈까? 아 맞다, 두 분은 지금 여행 중이시지…….

거기까지 생각이 미치자 갑자기 홋카이도로 날아간 부모님이 떠올라 두 고양이들에게 물었다.

"혹시 '수성 역행' 기간에는 이동도 자제하는 편이 낫나요? 사고가 일어날 위험이 있으니까 비행기를 타지 않아야 한다거나……."

비너스가 후후 웃었다.

"에이, 괜찮아요. 수성은 작은 별이라서 비행기 이착륙 시간은 늦출 수 있어도 큰 사고를 일으킬 에너지는 없거든요."

신나게 말하는 비너스 옆에서 머큐리가 불만스럽게 콧소리를 냈다. 비너스는 신경도 안 쓰고 말을 이었다.

"수성 역행 중에 여행을 다니는 건 괜찮은데, 다른 때보다 일찍일찍 움직이고 평소보다 꼼꼼히 확인해두는 게 좋아요. 꼭 여행할 때뿐만 아니라 일상에서도 조금만 더 신경 쓰면 웬만한 문제는 피할 수 있어요."

"그렇고 말고."

머큐리가 끼어들었다.

"'평소보다 실수하기 쉽고 트러블이 많은 시기'라고 미리 알아두고 행동하면 괜찮다 이거예요."

나는 알겠다고 대답했다. 경험상 분명 나는 수성 역행의 영향을 받기 쉬운 사람이 틀림없다. 앞으로는 역행 기간을 미리 확인해 그때만큼은 평소보다 조심하고 부지런히 행동해야

겠다고 머릿속에서 정리하고 다짐하려는데, 머큐리의 설명이
이어졌다.

"그리고 조심해야 할 게 있는데, 중요한 계약을 맺기에는
적합하지 않은 시기예요."

"네? 계약이요?"

"응. 이거 잘 기억해둬요. 역행 기간은 기껏해야 3주니까,
이 시기에는 계약서를 꼼꼼히 확인만 하고, 계약하는 건 역행
기간이 끝난 뒤에 하는 게 좋아요. 역행 기간 중에 꼭 해야 한
다면 평소보다 더 신중해야 하고요."

"그렇군요. 수성 역행 기간은 좀 별로네요……."

무심코 중얼거리자, 머큐리가 마치 자기가 싫은 소리를 들
은 양 난처하게 어깨를 움츠렸다. 그런 머큐리를 살피며, 비
너스가 고개를 저었다.

"꼭 나쁘지만은 않아요. 수성 역행은요."

****

"꿈은 참 신기하죠."

메구미의 말에 미즈모토는 정신을 차렸다.

"아……, 네. 정말로요."

전철을 탔는데 전원에 도착했고, 그곳에 트레일러 카페가 있어서 물빛 크림소다를 마셨는데 고양이가 말을 걸었다⋯⋯. 신기하기 그지없는 꿈이다.

일부는 어렴풋하고 또 어떤 부분은 선명하게 기억하는 것도 기묘하다. 일단 꿈을 떠올리자, 메구미처럼 미즈모토도 꿈에서 마신 크림소다 맛이 기억났고, 전에는 몰랐던 '수성 역행'에 관한 설명도 떠올랐다.

정말 신기하다. 미즈모토는 팔짱을 꼈다. 그러고 보니 비너스라는 고양이, 마지막에 뭐라고 했더라?

"꼭 나쁘지만은 않아요. 수성 역행 중에는요."

조금만 더 하면 기억할 것 같은데, 생각에 잠기면 침묵이 길어질 것 같다. 그보다 지금은 메구미의 이야기를 듣고 싶다. 미즈모토는 고개를 들어 메구미와 눈을 마주쳤다.

"그런데 메구미 씨는 어떤 꿈을 꿨어요?"

메구미에 관해서 알고 싶은 마음이 반이고 나머지 반은 순수하게 메구미가 꾼 꿈이 궁금했다.

"그게 말이죠."

메구미가 무릎 위에서 양손을 깍지꼈다.

"나는 그 꿈을 꾼 덕분에 전에 다니던 미용실을 그만둘 결심을 했어요."

"네? 꿈 때문에요?"

메구미가 즐겁게 웃으며 고개를 끄덕였다.

후편 월광과 금성의
샴페인 플로트

1

"꿈을 꿨다고 일을 그만두다니……. 되게 이상한 사람 같죠? 그래도 후회는 안 해요."

그렇게 운을 띄우는 하야카와 메구미의 말에 미즈모토는 얌전히 귀를 기울였다.

"어려서부터 친구들 머리를 빗겨주고 예쁘게 꾸며주는 걸 좋아했어요. 그래서 미용사가 천직이라고 믿었죠. 대도시에 대한 동경은 늘 있었지만, 차마 도쿄까지 갈 엄두는 못 내겠더라고요. 그래서 서일본에서 제일 대도시라고 생각한 우메다에서 일하고 싶었어요. 그리고 그 꿈을 이뤄내서 정말 기뻤고요."

메구미는 즐겁게 말하다가 "그런데" 하며 고개를 숙였다.

"좋아하는 곳에서 좋아하는 일을 하는데 이상하게 이건 좀 아닌 것 같은데, 하는 마음이 계속 들더라고요. 뭐라 딱 꼬집어 표현하기는 어려운데, 위화감도 들고."

메구미가 길게 숨을 내쉬었다.

"그러다가 꿈을 꾼 거예요……."

마치 꿈을 꾸는 듯한 표정으로, 메구미가 신비로운 꿈 이야기를 시작했다.

****

여느 때와 다름없이 일을 마친 날이었다.

평소와 다르게 점장이 스태프를 모아놓고, 미용사 한 명당 담당하는 고객 수가 줄고 있다고 지적을 했다.

"그래도 하야카와 씨만은 담당 손님이 꾸준히 있네. 다들 하야카와 씨를 본받아 고객 관리에 만전을 기하도록."

모두가 보는 앞에서 점장이 나를 칭찬했다. 선배 디자이너를 포함해 모든 스태프가 알겠다고 했다. 내 입장에서는 칭찬을 받았으니 기뻐할 일이다. 그러나 나는 우울했다.

미용 일을 좋아하고, 어떤 면에서는 자신감도 있다. 하지만 아직 기술이 부족해 배워야 할 것도 많다. 나를 찾는 손님이 많은 이유는 내가 대하기 편한 상대이기 때문일 것이다. 기술만 놓고 보면 내가 우리 매장에서 그다지 실력 있는 편은 아니다. 나도 잘 안다.

나를 찾는 손님이 많고 매장에서 잘나가는 미용사가 되는 것도 물론 기분 좋은 일이지만, 꼭 그렇게 되려고 열심히 일한 건 아니었다. 그러다 보니 알 수 없는 불만이 하루하루 쌓이게 되었다. 사람들 앞에서 점장에게 칭찬을 받은 그날, 나는 집으로 바로 가지 않고 술집에 가 혼자 술을 마셨다.

취기를 느끼며 술집에서 나와 집으로 향했다. 분명 오사카 거리를 걷고 있었는데, 어느새 부모님의 미용실이 있는 오테스지 상점가를 걷고 있었다. 게다가 이 시간이면 분명 한밤중일 텐데, 이상하게도 하늘은 해 질 무렵처럼 느껴졌다. 해 질 무렵 이곳 상점가는 사람들로 늘 활기가 넘친다. 그런데 지금은 지나는 사람이 한 명도 없다. 나는 어질어질한 머리로 '이상하네?' 하고 생각하며 상점가 골목을 걸었다.

부모님의 미용실 앞에 한 여성이 서 있었다. 여성은 북유럽 출신인지 금발에 눈이 파랬다. 머리카락은 굵은 웨이브가 진 백금발이고 파란 눈동자에는 금빛이 서려 있었다.

숨 막히도록 아름다운 여성이다. 그 여성이 나를 보더니 말을 걸었다.

"저기 혹시 여기 미용실 직원이세요?"

"어, 딸이에요. 무슨 일이세요?"

되묻자, 여성이 어쩔 줄 모르며 고개를 숙였다.

"사실 오늘 밤에 중요한 무대가 있어요. 그래서 메이크업과 헤어 세팅 좀 받으려고 왔는데 문이 닫혀 있었서……."

나는 가게를 살펴보고 문을 흔들었다. 오늘이 정기휴무일인가? 부모님도 안 보이고 문도 잠겼다.

"쉬는 날인가 봐요. 저도 여기 열쇠는 없는데……."

그러자 여성은 크게 실망했는지 어깨를 축 늘어뜨렸다. 배우처럼 아름다운 여성이 이 누추한 곳까지 찾아오다니, 게다가 문을 닫았다고 이렇게까지 실망하다니 좀 이상했다. 그래도 기쁜 마음이 더 컸다.

"저기, 괜찮다면 제가 해드릴까요? 저도 미용사여서 웬만한 미용도구는 다 갖고 있거든요."

그러자 여성의 표정이 확 밝아졌다.

"정말요? 감사해요."

"아, 그런데 어디서 하면 좋을까나……."

나는 주위를 둘러보았다.

"저쪽에 우리 가게가 있어요. 거기로 가요."

여성이 가벼운 발걸음으로 걷기 시작했다.

"여기 상점가 안에서 일하세요?"

"네. 하지만 오늘만이에요."

오늘만이라고 한 의미를 금방 알았다.

여성은 상점가 안의 절, 다이코지 산문을 지났다. 경내 한 가운데에 트레일러 카페가 있었다. 트레일러 앞에 테이블 세트가 몇 개쯤 놓였다.

"오늘만 여길 빌렸어요."

여성이 사랑스럽게 웃었다. 앞치마를 걸친 거대한 삼색 고양이가 트레일러에서 나와 간판을 세웠다. 간판에 「보름달 커피점」이라고 적혔다.

"마스터, 여기 테이블 좀 빌릴게요."

여성이 삼색 고양이에게 손을 흔들었다. 아무래도 여기 마스터는 인형 탈을 쓰고 일하나 보다.

트레일러에서 조금 떨어진 곳에 파이프 의자가 놓였는데, 악기를 손에 든 남녀 외국인들이 앉아 잡담을 나누고 있었다. 머리가 빨간 청년이 트럼펫, 은발 미소년이 플루트, 통통하고 다정해 보이는 여성이 첼로, 까만 정장을 입고 조금 깐깐해보이는 사람이 지휘봉을 들었다. 그들 중 가장 눈에 띄는 사람은 긴 머리를 늘어뜨린 여성이었다. 나도 모르게 그쪽으로 시선이 향했는지 금발에 푸른 눈 여성이 "저 사람, 정말 아름답죠?" 하고 속삭이며 의자에 앉았다.

"네. 그리고 당신도 아름다워요."

내 말의 진심을 느꼈는지, 여성이 고맙다며 기쁜 듯이 웃었다.

"우리는 '보름달 커피점'의 스태프인데 가끔은 '보름달 악단원'도 돼요."

그 말을 듣고 나는 악기를 든 외국인들을 한 번 더 돌아보았다.

"그럼 저 사람들이 악단원이에요?"

"네, 악단원 전원이 모인 건 아니에요. 오늘 밤 '연결된' 동료들이죠."

여성이 대답했다.

"연결된……?"

무슨 뜻일까 싶어 고개를 살짝 갸웃거렸다. 아무리 일본어를 잘하더라도 외국인이다. 오늘 밤을 위해 모인 악단원이라는 의미겠지?

"머리가 새까만 저 사람은 오페라 가수예요. 모두가 동경하는 사람이죠. 오늘 밤에 나는 저 사람 바로 옆에서 바이올린을 켜요."

벅찬 마음을 숨길 수 없었는지 여성의 뺨이 발갛게 상기되었다. 오늘 무대를 얼마나 기대하는지 잘 알겠다.

"알겠어요. 최고로 아름답게 꾸며줄게요."

나는 결의에 차 있는 신입처럼, 가방에서 도구를 꺼내 테이블 위에 올려놓았다. 거울 세 개가 붙은 삼면경을 놓고, 여성의 목에 케이프를 둘렀다. 기대와 긴장으로 두근거리는 여성의 마음이 전해졌다. 나 역시 심장 고동이 빨라졌는데, 여성과 달리 나는 하나도 불안하지는 않았다. 여성을 최고로 아름답게 꾸밀 자신이 있었다.

정성껏 화장하고, 명주실처럼 부드러운 머리를 세팅했다. 내 손길이 닿을수록 여성이 점점 아름다워졌다. 나는 메이크업과 헤어 세팅에 온 정성을 퍼부었다. 드디어 마무리되자 저절로 안도의 한숨이 나왔다.

어느새 불그스름했던 하늘이 파랗게 물들었다. 여성은 거울에 비친 자기 모습을 보고 기뻐하며 미소 지었다.

"어쩜, 정말 아름다워요. 고마워요. 실력이 대단하세요."

"아니에요. 저야말로 고마워요. 오랜만에 즐거웠어요."

나 역시 만족스러웠다. 역시 누군가를 아름답게 꾸며주는 일이 가장 즐겁다.

"오랜만이라니, 혹시 지금 일이…… 즐겁지 않으세요?"

걱정스럽게 바라보는 여성의 질문에 나는 난처한 표정을

짓다가 조심스레 말을 꺼냈다.

"이렇게 사람들을 아름답게 만들어주는 걸 좋아해요. 그래서 전 지금까지 미용 일이 천직인 줄 알았는데…….."

그런데 왜 매일 이렇게 힘들까? 내 스스로에게 질문을 던지며 나는 눈을 내리깔았다. 그러자 여성이 검은 머릿결의 아름다운 여성을 향해 시선을 돌렸다.

"저 사람은 원래 발라드만 부르던 가수였어요. 그런데 갑자기 그게 즐겁지 않아졌대요. 노래를 좋아하는데 이상하게 자꾸 우울해진다고……. 그런데 어느 날 오페라를 불렀더니, 영혼이 공명하는 것처럼 자기가 부르고 싶었던 노래가 뭔지 깨달았다고 해요. 어쩌면 당신도 비슷한 상황 아닐까요?"

여성의 말에 나는 깜짝 놀랐다.

"정말 고마워요, 메구미 씨."

여성이 고개를 숙여 감사의 인사를 하더니, 들뜬 발걸음으로 악단원에게 갔다.

내 이름을 어떻게 알지? 순간 당황했지만 그런 감정도 곧 사라졌다. 지금 꿈을 꾸고 있다는 것을 깨달았기 때문이다. 여성이 흑발 미녀 옆에 서자, 둘의 모습이 고양이로 바뀌었다. 새하얀 페르시안 고양이와 보라색 눈동자가 인상적인 새까만 고양이다.

두 고양이가 순간 눈부시도록 반짝이더니 마치 밤하늘에 스며들 듯 사라져버렸다.

"와!"

하늘로 쭉 뻗어 올라가는 빛에 이끌려 나는 하늘을 올려다보았다. 커다란 보름달 옆에 금성이 환하게 빛났다.

까만 정장을 입은 남성이 지휘봉을 들었다. 악단원들이 연주를 시작했다. 밤하늘에서 아름다운 노랫소리와 바이올린 선율이 들렸다.

정신을 차리고 보니, 다른 테이블에도 손님이 앉아 있었다. 그림자를 봐서는 분명 사람이긴 한데, 신기하게도 얼굴이 보이지 않았다. 빛이 달빛뿐이어서 그럴지도 모른다.

귓가에 울리는 음악과 노랫소리가 세상 무엇보다 아름다웠다. 어디서 들어본 것 같은 노래다. 매혹적인 소리에 몸을 맡기며 이 순간을 만끽하고 있는데, 삼색 고양이 마스터가 쟁반을 들고 "푸치니의 오페라 〈투란도트〉에 나오는 아리아 '아무도 잠들지 말라Nessun dorma'입니다"라고 말하며 다가왔다.

고양이의 갑작스러운 등장에 당황해하자 마스터가 눈이 휘어지도록 웃으며, 칵테일 잔을 테이블 위에 올려놓았다. 동그랗게 푼 금빛 아이스크림 위에 민트 잎이 올라갔다. 마스터가 그 위에 샴페인을 부었다.

"월광과 금성의 샴페인 플로트입니다."

잔 옆에 놓인 작은 접시에는 금가루를 뿌린 딸기도 있었다.

"와, 우아해요."

"오늘 밤은 우리 비너스와 보름달 아가씨 풀문이 주역인 연주회니까요."

마스터가 부드럽게 웃었다. 스푼으로 금색 아이스크림을 퍼서 입안에 넣자, 황도 맛이 진하게 퍼졌다. 단맛에 샴페인과 민트의 풍미가 더해지면서 절묘한 자극을 주었다. 어른을 위한 음료이자 디저트다.

"이거…… 최고예요."

음악이 계속 이어졌다. 악단원들이 즐겁게 악기를 연주했고, 까만 고양이의 노랫소리 역시 시원시원하게 퍼져나갔다.

"목소리가 정말 좋다……. 저 사람이 '오페라'와 새롭게 만난 것처럼 내게도 새로운 만남이 있으면 좋겠는데……."

나의 혼잣말을 들었는지 마스터가 "그렇군요" 하며 목에 건 회중시계를 들었다.

"당신의 별을 읽어볼까요?"

그 말이 뭔지도 모르면서 "아, 네" 하고 대답해버렸다. 마스터는 시계의 태엽 꼭지를 꾹 누르고 문자판을 바라보았다. 곧 하늘에 천궁도가 떠올랐다. 마스터가 밤하늘을 올려다보며 알겠다는 듯이 그래요, 하고 말했다.

"당신의 금성은 제2하우스에 있군요."

마스터의 말대로 '②금전'이라고 적힌 곳에 ♀마크가 있었다.

"돈과 소유를 암시하는 제2하우스는 소위 '나에게 맞는 돈 버는 방법'을 알려주는 곳이기도 합니다. 금성은 '오락'을 관장하는 별이죠. 따라서 당신은 즐겁게 할 수 있는 일을 해야 부가 따라옵니다."

"즐겁다……."

그 말을 곱씹으며 밤하늘을 올려다보았다.

일은 분명 재미있다. 그런데 왜 지금 힘들까? 마음에 걸리는 점이 두 가지 있다.

하나는, 내 속도대로 일할 수 없는 점. 또 하나는 미용사로서 인정받고 싶은 마음이 크게 없다는 점이다. 나는 사실 머리를 '자르는 일'은 그다지 좋아하지 않는다.

그래. 시치고산*, 성인식, 결혼식, 그런 축일 사진 촬영을 위해 머리해주는 일이 좋다. 멋있고 예쁘게 꾸며줄 자신이 있

---

* 남자아이가 세 살과 다섯 살, 여자아이가 다섯 살과 일곱 살이 되는 해 11월 15일 전후로 아이의 성장을 감사하고 축하하는 일본 명절. 아이에게 기모노를 입혀 신사에 참배하거나 기념사진을 찍는다.

다. 그러나 일반 커트는 생각대로 안 될 때가 많고, 즐겁지도 않다.

나는 즐거움을 추구하는 편이 낫다는 소리다. 그렇다면 즐겁다고 생각하는 일만 딱 한정해서 하면 어떨까? 그렇게 생각한 순간, 마음이 확 밝아졌다.

어둑어둑했던 하늘이 밝아지고, 아침 해가 떴다. 언제 시간이 이렇게 지났담?

"새벽이니 한잔 더, 아이스커피를 드시지요."

마스터가 장난스럽게 웃으며, 내 앞에 길쭉한 잔을 놓았다. 남색에 가까운 진한 자줏빛의 아이스커피다. 마스터가 커피에 하얀 시럽을 부었다.

"아침놀 시럽을 곁들여서요."

진한 적자색이었던 아이스커피가 차츰차츰 밝아졌다. 빨대로 한 모금 마셨다. 살짝 쓰고 달았다. 잠기운이 부드럽게 물러나는 맛이다.

"맛있다!"

점점 밤이 밝아진다. 나는 눈이 부셔서 눈을 가늘게 떴다.

****

"그리고 눈을 떴더니 내 방 침대에 있었어요."

메구미가 "신기한 꿈이죠?" 하며 미즈모토를 보았다. 미즈모토는 꿀꺽 마른침을 삼키고 어색하게 고개를 끄덕였다.

"아, 미안해요. 내가 한 얘기, 좀 황당하죠?"

"아니요."

미즈모토는 얼른 고개를 저었다. 그저 자기가 꾼 꿈과 비슷해서 놀랐을 뿐이다.

"아무튼 그래서 미용실을 그만뒀어요."

메구미의 말을 듣고 미즈모토가 시선을 들었다.

"부모님 가게를 돕기로 하신 거예요?"

부모님이 운영하는 가게라면, 메구미가 원하는 대로 일할 수 있을 것이다. 그런데 미즈모토의 추측은 조금 틀렸다.

"물론 도울 일이 있으면 돕겠지만, 프리랜서로 일하려고 해요."

"프리랜서? 프리랜서 미용사도 있나요?"

"그럼요. 예를 들어 결혼식장이나 사진관에 출장을 가기도 해요."

"아하."

"초반에는 일이 없을 테니까 각오했어요. 그런데 막상 시작했더니 의외로 일이 많이 들어오더라고요. 부모님이 아시는

분 중에 기온[*]에서 일하는 무희나 게이샤^{**}의 머리를 만져주는 사람이 있는데, 나더러 프리랜서가 됐으면 좀 도와달라고 하시더라고요. 아까 친구는 방송 쪽 일을 하는데 그쪽에서 일하는 스타일리스트가 종종 일손이 부족한가 봐요. 그래서 바쁠 때 좀 와서 도와달라고 부탁했어요. 대단하죠?"

메구미가 눈을 반짝이며 말했다. 미즈모토는 솔직하게 대단하다고 감탄했다.

"그런데 말이죠."

메구미가 한숨을 쉬었다.

"요즘 들어 일이 몰리다 보니 연락이나 예약이 막 뒤죽박죽되더라고요. 그래서 자꾸 실수하게 되고. 그래서 제 사이트를 만들어야겠다 싶었어요."

그랬군, 미즈모토는 무슨 말인지 이해했다. 자세를 바로 하고 메구미를 바라보았다.

"그렇다면 우리 회사가 만들어드리겠습니다. 최대한 부담 없는 비용으로 해드릴게요. 회사의 기본 모델을 사용하면 저렴합니다."

"정말요? 고마워요."

---

* 교토 히가시야마구의 번화가이자 향락가.
** 게이기, 게이코라고도 한다. 무용, 음악 등에 뛰어나 연회에서 흥을 돋우는 일을 하는 여성.

"어떤 느낌이 좋으세요? 일단 샘플 자료를 가지고 왔습니다."

미즈모토가 가방에서 팸플릿을 꺼냈다.

"단순하면서도 감각적이면 좋겠어요. 고객분들도 쉽게 들어와서 편하게 예약할 수 있으면 좋겠고. 예약 일자가 달력으로도 표시된다거나 했으면 좋겠어요"

메구미의 이야기를 귀담아듣고, 미즈모토가 샘플 자료를 보여주었다.

"그렇다면 이런 느낌은요?"

"아, 이거 좋네요."

"그리고 어디까지나 제안인데, 손님 머리 만지는 모습을 동영상으로 찍어서 올리면 어떨까요?"

"와, 괜찮은데요? '3분 요리' 동영상처럼 '초간단 머리 손질법'도 보여줄 수 있으면 좋겠어요."

"SNS를 연동하면 더욱 효과적일 거예요."

미즈모토가 이것저것 제안하자, 메구미가 재미있다는 듯이 웃었다.

"앗, 제가 뭐 이상한 말을 했나요?"

"아니, 미안해요. 갑자기 옛날 모습이 떠올라서……. 그렇게 조그마했던 아이가 이렇게 훌륭하게 성장했구나 싶어서 괜히 내가 뿌듯했어요."

깔깔거리는 메구미를 보며 미즈모토는 수줍은 듯 미소를 지었다. 메구미는 초등학생 시절의 미즈모토를 알고 있다. 그때는 세 살 차이도 어마어마하게 느껴지니 신기하기도 할 것이다.

"그렇지, 아까 친구도 우리랑 같은 등하교 그룹이었어요."

메구미가 갑자기 생각난 듯이 말했다.

"어, 그분도요?"

"네. 걔가 반장이었어요."

그래도 여전히 기억이 안 난다.

"죄송해요. 전혀 생각이 안 나서."

"그야 당연하죠. 우리가 6학년이었으니까 미즈모토 씨는 3학년이었잖아? 그래도 세리카와 미즈키 선생님은 기억하죠? 시나리오 작가가 된 선생님이요."

"아, 네."

미즈모토는 얼른 대답했다. 당연히 기억하고, 신기하게도 지금 같이 일을 한다.

세리카와 선생님과는 아주 잊지 못할 일이 있다. 메구미가 미즈모토를 기억하는 이유도 그 사건 때문일 것이다.

"그립네요……."

미즈모토가 조용히 중얼거렸다.

"정말."

메구미는 과거를 떠올리는지 천장을 올려다보았다.

2

초등학생 시절의 기억은 대부분 어렴풋하지만, 그 사건만은 지금도 어제 일처럼 또렷하다.

우리 등하교 그룹의 인솔자는 세리카와 미즈키라는 기간제 선생님이었다. 등하교 그룹 담당 선생님은 보통 하교할 때만 같이 다닌다. 그런데 세리카와 선생님은 마침 통학로 근처에 살아서 등교할 때도 우리와 함께했다.

"여러분, 숙제는 다 했나요?"

아침에는 우리의 다정한 말동무가 되어주었고, 하교할 때는 우리와 함께 끝말잇기를 하거나 노래를 부르는 유쾌한 친구가 되어주었다. 세리카와 선생님이 쉬는 날이면 다들 실망할 정도로 선생님을 잘 따랐다.

어느 날, 이런 일이 있었다.

하교 그룹이 파하는 아동공원에 도착했다. 공원 바로 옆에는 지금 생각해도 아주 세련된 서양식 주택이 하나 있었는데, 그날따라 세리카와 선생님이 그 안을 살피며 묘한 표정을 지었다.

그 집에는 노신사만 홀로 살고 있었다. 머리는 하얗게 셌고, 언제 봐도 옷을 잘 갖춰 입어서 품위 있어 보이는 할아버지였다. 한때 외국에서 활동한 피아니스트라고 들었다. 나이를 먹어서도 피아노를 즐겨 연주했다. 특히 하교 시간이면 피아노 소리가 자주 들렸다.

공원에 도착하면 1, 2학년 아이들은 마중 나온 보호자와 함께 집으로 향한다. 세리카와 선생님은 항상 보호자와 밝게 인사를 나누었는데, 그날만큼은 그러지 않고 할아버지의 집에서 시선을 떼지 못했다.

"선생님, 왜 그래요?"

고학년 아이들이 의아하게 묻자, 세리카와 선생님이 퍼뜩 정신을 차리고 학생들을 내려다보았다.

"저 집에 사는 할아버지 말이야. 비 오는 날 말고는 아무리 추워도 아침마다 창문 열고 환기는 꼭 하셨거든. 오후에는 피아노를 연주하셨고, 그렇지 않을 때는 마당을 돌보셨잖아. 그

런데 그저께부터 날씨가 좋은데도 창문은 꼭꼭 닫혔고, 피아
노 소리도 안 들리는데 마당에도 안 나와 계신 것 같아……."

세리카와 선생님이 걱정스럽게 말하자, 고학년 아이들이
어리둥절한 표정을 지었다.

"아침마다 창문이 열렸었나?"

"혹시 여행 가신 거 아닐까요?"

학생들의 말에 세리카와 선생님이 고개를 저었다.

"할아버지는 버려진 길고양이들을 데려와 키우시느라 집
에 고양이가 아주 많대. 지금은 여행을 다닐 수 없다고 하셨
어……. 조금 걱정되니까 초인종을 눌러보자."

세리카와 선생님은 아담하지만 세련된 그 집으로 조심스레
발걸음을 옮겼다. 남아 있던 학생들도 선생님을 따라갔다. 미
즈모토도 있었다. 미즈모토는 기억하지 못하지만, 반장인 아
카리와 메구미도 같이 갔었나 보다.

세리카와 선생님은 크게 숨을 들이쉬고 초인종을 눌렀다.
하지만 안에서는 아무런 인기척도 들리지 않았다. 대신 창가
에 여럿 고양이가 나타나더니 도움을 요청하듯이 울었다.

"큰일이야! 역시 일이 생겼나 봐!"

세리카와 선생님이 얼른 경찰에 연락해 안을 확인해달라
고 부탁했다. 할아버지는 며칠 전부터 병으로 쓰러져서 꼼짝

하지 못하는 상태였다. 곧 구급차가 왔다. 할아버지는 들것에 실려 구급차로 옮겨졌다. 고양이들이 할아버지와 떨어지지 않으려고, 아무리 내려놓아도 자꾸만 들것에 올라탔다. 할아버지는 들것에 누워 안타깝게 고양이들을 바라보았다.

"괜찮으시면 돌아오실 때까지 제가 고양이들을 돌볼게요."

세리카와 선생님의 말에 할아버지는 고맙다고 몹시 기뻐하며 열쇠를 맡겼다. 공원에 남았던 학생 보호자들은 "선생님, 열쇠까지 맡다뇨. 나중에 문제 생기면 어쩌려고요?" 하며 걱정했다. 세리카와 선생님은 "돌아오실 때까지만인걸요, 뭐."라며 웃었다.

그날부터 세리카와 선생님과 등하교 그룹 학생들은 매일 함께 고양이들을 돌봤다. 아침과 저녁에 먹이 주기, 화장실 청소하기.

"얘들아, 곧 할아버지가 돌아오실 거야."

세리카와 선생님은 고양이들에게 말을 걸며 열심히 돌봤다. 그러나 할아버지는 다시 집으로 돌아오지 못했다. 그렇게 병원에 실려 가고 약 한 달 뒤, 할아버지는 병원에서 조용히 숨을 거뒀다. 그래서 고양이들이 그토록 할아버지를 따라가려 했나 보다. 이미 짐작했겠지, 다시는 할아버지와 만나지 못한다는 것을⋯⋯.

할아버지가 세상을 떠난 후에야 비로소 할아버지가 어떤 사람인지 조금 알게 되었다.

할아버지는 원래 외국 교향악단의 지휘자였다가 중간에 그만두고 피아니스트로 전향했다. 오로지 음악에만 몰두하느라 결혼도 안 했다. 자식도 없으니까 길고양이들을 데려와 자기 자식처럼 아끼며 돌봤다고 한다.

할아버지에게는 조카가 있었다. 살아생전 할아버지와 교류도 별로 없었던 조카가 그의 재산을 물려받았다. 조카는 할아버지 집을 곧 팔고 정리할 거라며 고양이들을 보호소에 보내겠다고 으름장을 놓았다. 세리카와 선생님과 아이들은 고양이들이 보호소에 보내지는 것만큼은 막고 싶었다. 그래서 조금만 더 시간을 달라고, 입양 보낼 곳을 찾겠다고 호소했지만, 할아버지의 조카는 한시라도 빨리 집을 팔고 싶다며 들은 척도 안 했다.

소식을 듣고 다들 안타까워했다. 어떻게든 고양이들을 도와주고 싶었다. 그러나 다들 그러지 못하는 사정이 있었다. 이야기를 듣다가, 미즈모토는 문득 우리 집이라면 데리고 있을 수 있겠다고 생각했다.

미즈모토는 집으로 뛰어가 부모님에게 말해보았다. 미즈모토의 집은 소규모 건설업을 해서 자재를 보관해 놓는 창고가 있었기 때문이다. 이미 길고양이들이 창고에 멋대로 자리를 잡아 살고 있었다. 미즈모토가 간절하게 부탁한 덕분인지, 부모님은 입양 갈 곳을 찾을 때까지 다 함께 고양이를 돌본다면 괜찮다고 허락해주었다.

그렇게 고양이들은 일단 자재 창고에서 살게 됐다. 새로운 가족을 찾을 때까지 세리카와 선생님과 학생들이 매일 열심히 돌봤다. 그 후, 노력이 열매를 맺어 고양이들은 무사히 새 가족을 찾아 새로운 집으로 떠났다.

****

"고양이를 보호소에 보낼 수밖에 없는 상황이 됐을 때, 어린 미즈모토 씨가 공원으로 막 뛰어 들어와서는 '우리 집으로 와도 된대요!'라고 말했잖아요. 그때 그 장면이 아직도 기억나요. 나, 정말 기뻐서 울 뻔했어요."

그때를 떠올렸는지, 메구미가 눈물 고인 눈으로 턱을 괬다. 미즈모토는 쑥스러워서 시선을 피했다. 동시에 기억이 떠올랐다.

고양이를 맡겠다고 했을 때, 고학년 중 한 명이 "고마워!"라고 외치며 울음을 터뜨렸다. 울 뻔한 수준이 아니었다. 마치

215

어린애처럼 엉엉 울었다. 6학년 누나가 그렇게 우는 모습이 충격적이었다. 그때 그 누나가 메구미였으리라.

"어쩌면…… 그때 고양이들이 은혜를 갚은 건지도 모르겠어요."

미즈모토의 말에 메구미가 놀라서 눈을 깜박였다.

"메구미 씨 꿈이요. 고양이가 은혜를 갚은 건지도요."

그러자 메구미가 작게 웃었다.

"나는 그냥 같이 어울려서 돌봤을 뿐이니까 은혜를 갚다니 말도 안 돼요. 또 할아버지가 키우던 고양이 중에 페르시안 고양이처럼 아름답거나 눈동자가 보라색인 까만 아이는 없었어요."

그건 그랬다. 할아버지가 키운 고양이는 다 털이 짧았다.

"그러면 고양이가 고양이 신에게 은혜를 갚아달라고 부탁한다……거나."

무심코 중얼거리자, 메구미가 "고양이 신!" 하고 웃었다.

"미즈모토 씨 같은 사람이 그런 말을 하다니 의외네요. 재밌다."

그 말에 미즈모토의 뺨이 달아올랐다. 사실 이런 소리를 하는 사람은 절대 아니다.

"혹시 고양이가 고양이 신에게 부탁해서 은혜를 갚는다면,

다른 누구보다도 미즈모토 씨한테 은혜를 갚아야죠."

"어, 저요?"

"고양이를 구한 사람이잖아요? 다들 안타까워하기만 했지 아무것도 못 했는데……."

"그건 때마침 우리 집이 고양이들을 임시 보호할 만한 환경이 되었을 뿐이잖아요. 대수롭지 않은 일이에요."

미즈모토는 웃으며 대답하다가, 문득 전철에서 꾼 꿈에서 고양이가 마지막으로 했던 말을 떠올렸다.

꼭 나쁘지만은 않아요.

수성 역행은요. 회고하는 시기랍니다.

세상만사 앞으로 가는 것만이 최고가 아니에요.

옛날을 그리워하는 시간.

나를 재검토하는 소중한 시간.

수성 역행은 그리운 사람과 재회하거나 예전에 못했던 일에 재도전하는 시기이기도 해요.

아, 그렇구나. 미즈모토가 살짝 웃었다.

엉엉 울던 고학년 누나를 봤을 때……. 가슴이 왠지 모르게 술렁였다. 초등학생 3학년과 6학년은 너무 차이가 크다. 그래도 이 누나를 지켜주고 싶다는, 달콤쌉싸래한 감정을 느꼈다. 자각하지 못했지만 첫사랑이었다. 그때의 그 달콤쌉싸래함이 되살아나는 듯했다.

그로부터 십수 년이 지난 지금, 신기한 인연으로 첫사랑과 재회했고, 지금 이렇게 가까이에 있다. 첫사랑을 바로 알아보지는 못했다. 그러나 어디까지나 표면상 알아보지 못했을 뿐이고, 잠재의식 속에 메구미를 기억하고 있었나 보다. 그러니까 처음부터 이상하게 의식이 되었고, 그녀를 만날 수 있다는 생각에 긴장해서 잠도 제대로 못 잤다.

"예전에 못했던 일에 재도전하는 시기이기도 해요."

깜찍한 페르시안 고양이가 한 말이 머릿속에서 춤췄다. 그 고양이는 미즈모토가 어떤 별자리를 타고났는지 설명해주고, 힘을 내라고 등을 토닥여주었다.

"저한테도…… 은혜를 갚았나 봐요."
미즈모토가 조용히 말했다.
"어? 뭐가요, 뭔데요?"
"기분 탓일지도 모르는데……."

"어, 뭐야, 말해줘요."

미즈모토가 겸연쩍게 머리를 긁자, 메구미가 반짝반짝 빛나는 눈으로 졸라댔다.

메구미라면 이상하게 여기지 않고 들어줄 것이다.

꿈 이야기를 포함해 많은 이야기를 나누고 싶다.

정보 통신 계통에 문제가 생기기 쉬운 '수성 역행'이라는 시기가 있다는 것. 그렇다고 꼭 나쁜 것은 아니고, 이렇게 그리운 사람과 재회하는 시기라고 말해주고 싶다. 세리카와 선생님의 근황도 포함해서.

그래도 "제 첫사랑은 메구미 씨였어요"라고 고백하는 건 수성 역행이 끝난 뒤에 해야지.

미즈모토는 메구미를 바라보며 기분 좋게 웃었다.

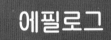

에필로그

1

　세리카와 미즈키는 소셜게임을 제작하는 IT 회사에서 온 메일을 보고 "됐다!" 하고 주먹을 쥐었다. 손에 쥔 스마트폰 화면에 「새로운 메인 캐릭터가 출시될 예정입니다. 작가님께서 이번 프로젝트의 시나리오를 맡아주시면 좋겠습니다.」라는 작업의뢰 메일이 표시되었다.

　조연 캐릭터와 엔딩 스토리에 심혈을 기울였다. 자기가 생각해도 최고를 만들어냈다고 자부하고 있었다. 결과는 예상을 훌쩍 뛰어넘었다. 인터넷에서 화제가 되었고, 작가 인터뷰도 들어왔다. 밝히려면 지금이다 싶어서 자신이 '세리카와 미즈키'라고 말했다. 물론 악플도 많을 거라 각오했는데, 그보다는 호의적인 의견이 훨씬 많았다. 게다가 이렇게 메인 캐릭터의 시나리오 의뢰까지 들어왔다. 이번에 열심히 하면 또 다음 일로 이어질 것이다.

미즈키는 "좋아!" 하고 의욕을 북돋고, 홍차를 타려고 일어났다. 방은 여전히 집세가 저렴한 원룸이다. 그래도 신비로운 고양이 커피점과 만난 이후, 좁아도 나만의 아늑한 공간으로 만들려고 할 수 있는 범위에서 바꿔보았다.

침대는 잠을 자지 않을 때는 커버를 씌우고 쿠션을 놓아 소파로 사용하기로 했다. 작은 식탁 옆에 관엽식물을 놓고, 스탠드 조명을 설치했다. 이곳만 보면 카페 테이블 같아서 만족스럽다. 한 송이라도 좋으니 꽃도 꽂았다. 커튼은 새로 마련하지 못했지만, 묶는 용도로 멋진 태슬을 샀다. 원래는 가격만 보고 싸구려 머그잔만 썼는데, 컵도 마음에 드는 것으로 바꿨다.

눈에 보이는 곳에 최대한 마음에 드는 물건을 두고 싶다. 이렇게 생각을 바꾸자, 기분이 점점 좋아졌다. 거대한 삼색 고양이 별점술사 마스터가 말했듯이 정말 미즈키에게는 '집'이 좋은 공간이 돼주어야 했나 보다.

"집을 암시하는 제4하우스가 황소자리이고, 금성까지 들어있으니까."

큰맘 먹고 산 고급스러운 컵과 컵 받침 세트에 홍차를 따라 식탁에 앉았다.

창밖을 보니 전에 본 삼색 고양이가 베란다 난간에 앉아 있었다. 미즈키를 보고 말을 걸듯이 야옹야옹했다.

"뭐라고 하는 거니?"

문득 신기한 꿈에서 만난 노신사가 생각났다. 그때 미즈키에게 무언가 말했었다. 잘 안 들렸으니까 생각해도 기억이 날 리 없다.

"에이, 몰라!"

미즈키는 정신을 가다듬고 다시 일해보자 하며 컴퓨터를 켜고 홍차를 한 모금 마셨다.

"먼저 메일부터……."

신기한 '별점술사'와 만난 후로 점성술에 흥미가 생겨 혼자서 공부를 시작했다.

"수성이 역행 중이니까 조심해야지."

점성술을 공부하면서 수성 역행에 대해서도 알았다. '수성 역행' 기간에는 메일을 보냈다고 생각했는데 보내지 않거나, 중요한 메일이 스팸메일로 분류되는 일도 있다. 여러가지로 번거로운 시기이지만 동시에 재도전하는 시기이기도 하다.

"재도전하는 시기라……. 나카야마 씨한테 메일을 한 번 더 보내볼까……."

전에 보낸 기획을 '물병자리 시대'에 어울리게 수정하고 싶다. 나카야마에게 그런 의사를 전달할 수만 있다면…….

메일함을 확인했는데, 바로 그 나카야마 아카리에게서 메일이 왔다. 미즈키의 심장이 크게 뛰었다.

"나카야마 씨, 절묘한 타이밍이야……."

미즈키는 두근두근 메일을 열었다.

「지난번에는 모처럼 시간을 내주셨는데 느긋하게 대화를 나누지 못해 죄송했어요. 세리카와 작가님의 기획 말입니다만, 요즘 트렌드와 맞지 않는다는 이유로 반려되긴 했지만, 절대 나쁘지 않았어요. 그래서 작가님, 트렌디함을 살려 다시 한 번 다듬어보면 어떨까요?」

그런 메일이었다. 미즈키는 꿀꺽 마른침을 삼켰다.

"대단하다……. 정말로 재도전하는 시기네."

점점 더 심장이 빠르게 뛰었다.

"열심히 해야지."

미즈키는 이글거리는 눈빛으로 아카리에게 「고맙습니다.」하고 답신을 썼다. 갑자기 노신사가 생각났다. 그때 그의 입이 어떻게 움직였는지도 생각났다.

고맙네.

그래, 그는 그렇게 말했다.

2

나카야마 아카리는 가모강이 보이는 작은 선술집 바에서 지로를 기다렸다. 카운터 맞은편은 통유리다. 해가 완전히 져서 하늘에 아름다운 보름달이 떴다.

"오늘도 보름달이 떴네……."

손에 쥔 스마트폰의 까만 화면에 자기 모습이 비쳤다. 소꿉친구인 하야카와 메구미가 신경 써서 만져준 머리가 조금 쑥스럽다. 그래도 메구미의 솜씨를 한방에 보여줄 수 있으니 좋은 방법이다. 아카리는 스마트폰을 켰다.

인터넷에 아유카와 사쓰키 관련 뉴스가 떴다. 신비로운 체험을 한 후, 사쓰키는 자신의 잘못에 책임을 지고 어떤 처분도 달게 받겠다는 각오로 기자회견을 열었다.

외도에 공동의 책임이 있는 상대 남성에 대해서는 별다른 언급은 하지 않은 채 다만 그의 부인과 자식에게 고개를 못 들 짓을 저질렀다고 사죄했다. 또 이 소식으로 상처를 받은 사람에게 진심을 담아 사과했다.

그럼에도 절대 사쓰키를 용서할 수 없다는 사람들도 당연히 많았다. 그런데 그날 저녁, 불륜 상대인 배우가 '사쓰키가 기자회견에서 밝혔듯이 그녀가 다 저지른 일이다. 나도 피해자다'라며 책임을 전가하자 대중의 분노는 아유카와 사쓰키에서 상대 배우 쪽으로 향했다. 게다가 그 배우가 다른 여성과도 관계가 있다는 사실이 알려졌다.

'아유카와 사쓰키는 형편없는 남자한테 잘못 걸린 불쌍한 여자'라는 동정 여론이 일기 시작하더니, 지금은 조금씩이나마 텔레비전에도 출연한다.

한 인터넷 뉴스에서는 사쓰키가 방송에서 "한동안은 사랑이라면 사절이에요"라고 한 발언을 다뤘다. "불륜녀가 무슨 소리래"라는 의견도 있지만, "그럼 그럼, 나쁜 남자나 만날 테니까 일만 열심히 해", "앞으로는 속으면 안 돼" 같은 반응도 많았다.

앞으로도 호된 말을 많이 듣겠지만, 회피하지 않고 나아가는 사쓰키를 보면 나도 열심히 해야겠다는 용기가 생긴다. 메일을 확인하는데, 세리카와 미즈키에게서 답이 왔다.

「고맙습니다. 해보겠습니다. 열심히 할게요.」

세리카와의 메일을 보고 아카리는 환하게 웃었다.

"어라라, 아카리, 오늘 왜 이리 멋지대?"

옆에서 귀에 익은 목소리가 들렸다. 스타일리스트 지로가 있었다. 티셔츠에 청바지인 편안한 차림이다.

"지로 씨, 어서 오세요."

"안녕, 옆에 앉을게."

지로가 아카리 옆에 앉았다. 둘은 수제 맥주를 주문하고 건배했다.

"이 머리는 메구……, 전에 말한 그 친구가 해줬어요."

"아, 보조 스태프로 일해도 괜찮다고 한 그 친구? 프리랜서 미용사?"

"네. 잘 부탁한다고 전해달래요. 지로 씨랑 만나는 게 기대된대요."

"나도 기대되네. 그나저나 정말 예쁘게 땋았다. 자기한테 정말 잘 어울려. 또 솜씨가 얼마나 좋은지도 알겠어."

고맙다고 하며 아카리는 수줍게 웃었다.

"그나저나 아카리, 요즘 예뻐지네? 남자친구라도 생겼어? 조금 전에도 남자친구한테서 온 메시지 보고 웃은 거야?"

아카리는 크흠 헛기침했다.

"아니요. 남자친구가 아니라 세리카와 작가님한테서 메일이 와서요."

"세리카와 작가라 하면 전에 아카리가 기획안을 거절했던?"

"네. 그 후에 지로 씨가 한 말이 계속 머리에 남아서……."

지로가 어머나, 하며 뺨에 손을 댔다.

"내가 뭐라고 했더라?"

"어렵게, 어렵게 낸 용기는 거절이라는 강풍을 만나면 간단히 휙 하고 날아가는 법이라고요. 붙들고 늘어지는 건 자신감 넘치는 사람만 할 수 있다고 했죠."

다시 생각해도 옳은 말이다.

"내가 그런 말을 했었나?"

"했어요. 또 제가 저 자신과 타인에게도 엄격하다고 했죠."

"아. 그 말은 기억난다."

"그래서 앞으로는 조금씩이라도 그러지 않으려고 해요. 조금은 풀어줘도 괜찮을 것 같아요. 풀어주는 거랑은 조금 다른가? 솔직한 마음을 인정하고 받아들이려고 해요. 조금이라도 그럴 수 있으면 좋겠는데……."

아카리가 말하자 지로가 푸흡 웃었다.

"어, 뭐가 웃겨요?"

"'조금'을 엄청나게 강조하니까. 조금씩이 아니면 정말 어려운가보다 싶어서."

재밌다는 듯이 웃는 지로를 보고 아카리도 씁쓸하게 웃었다.

"그럴지도요……."

"그래도 조금씩이라도 그렇게 하는 게 중요하지. 안 그랬다가는 나처럼 큰일 날 테니까."

"큰일이요?"

아카리는 의아해서 지로의 옆얼굴을 보았다.

"우리 집은, 부모님 두 분 다 고루해서 분위기가 엄격했어. 그래서 공무원 되라는 소리를 들으며 컸어. 나도 어느 정도 노력은 했는데, 어느 순간 숨이 막히더라고. 그러다가 고등학생 때, 장난삼아 누나의 원피스를 입어봤어. '배덕감'이라고 표현해야 하나? 금기를 어겼을 때 느끼는 쾌감 같은 거 말이야. 왠지 그런 걸 느끼고 싶더라고. 그런데 하필 아버지한테 들켰어."

"엇, 어떻게 됐어요?"

아카리는 조마조마해져서 다급하게 물었다.

"변태라느니 수치스럽다느니 집안이 난리가 났지. 그래서 나도 열받아서 '그래요, 아버지가 생각하시는 거 맞습니다!' 하며 아버지한테 대들었지. 그랬다가 흠씬 얻어맞고 집에서 쫓겨났어."

지로가 하하하 웃었다.

"그럼 그 후로 어떻게 지냈어요?"

"고등학교를 졸업할 때까지는 외할머니댁에서 신세를 졌고, 졸업하고서는 미용실에서 일하며 자격증을 땄어. 이렇게 저렇게 인연이 닿아서 지금까지 온 거야. 그때 그 일은 내 인생 혁명이었지."

"혁명…… 엄청난 일이네요."

"그렇지? 부모 속을 썩이고 내 손으로 가족을 파탄 낸 셈이지만, 그대로 있었으면 내가 무너졌을 거야. 혁명 덕분에 내 인생을 움켜쥘 수 있었지."

지로는 웃으며 턱을 괴더니, 어깨를 움츠렸다.

"아무튼 부모님한테는 참 불효를 저질렀어. 일단 화해는 했는데 집에는 돌아가지 않았어."

"그래도 부모님께서 지로 씨의 마음을 잘 헤아려주고 이해해주셨다면 그런 식의 '혁명'도 일어나지 않았을 거예요. 꼭 누가 나쁘다고 할 순 없어요……."

아카리가 그렇게 말해주자 지로가 고맙다고 대답했다. 대화를 나누면서도 아카리는 자꾸만 다른 데 신경이 쓰였다. 바로 지로의 연애다. 그런 경험을 통해 지금의 지로가 완성됐다는 소리인데…….

"저기, 묻고 싶은 게 있는데요."

아카리가 과감하게 입을 열었다. 지로가 "어머, 뭘까?" 하고 눈을 크게 떴다.

"지로 씨는 말투가 그런데, 마음도 그러세요?"

"마음도 그렇다니?"

"그러니까 말이죠, 지로 씨의 연애 상대가 남성인지 여성인지 궁금해서……."

내친김에 물어보자 했는데, 너무 사적인 질문이란 생각에 지로에게 실수한 것 같아 말끝이 흐려졌다. 지로가 웃으며 아카리를 힐끔 보았다.

"어머나, 어느 쪽이면 좋겠는데?"

그 질문에 아카리의 심장이 두근거렸다.

"지로 씨가 연애하는 상대가…… 여성이면 좋겠다고 생각해요."

"왜?"

지로가 놀라서 아카리를 봤다.

"왜냐니……."

"난 당연히 아카리가 나한테서 BL_{Boy's Love} 같은 얘기를 기대할 줄 알았는데."

"아니요. 그건 아니고…… 그냥……."

"호기심?"

파고드는 질문에 아카리는 말문이 막혔다. 지로는 예리한 사람이다. 어쩌면 아카리의 마음을 다 알고 놀리는지도 모른다. 그래도 아카리는 마음을 다잡고 주먹을 꼭 움켜쥐었다.

"지로 씨를 좋아하니까요."

쥐어짜듯이 고백하자, 지로가 눈을 휘둥그렇게 뜨고 굳어졌다.

"어……. 농담이지?"

지로가 딱딱하게 굳어 말도 안 돼,라고 중얼거렸다. 아카리는 대답 없이 고개만 저었다.

"하지만 아카리 같은 타입은 절대 나 같은 인간을 못 받아들일 줄 알았는데. 아, 이성으로서 말이야."

예리한 이 사람도 이건 전혀 몰랐나 보다. 지로가 그렇게 생각하는 것도 당연하다. 아카리 본인도 오랫동안 인정하지 못했다. 그래도 결심했다. 자기 마음에 솔직해지자. 인정하고 받아들이자. 그게 중요하다.

"제가 지로 씨의 취향에 안 맞을 수도 있지만, 그래도 좋아해요."

속삭이듯이 말하자 지로가 입을 다물었다. 왜 그럴까? 곤란해서 그럴까? 아카리가 조심스레 옆으로 고개를 돌려 그의 눈치를 살폈다. 지로는 귀까지 새빨개져서 쩔쩔매고 있었다.

"지로 씨……?"

"자, 잠깐만, 아카리. 그거 반칙이야."

지로가 두 손으로 얼굴을 가렸다. 아카리는 당황했다.

"두근거린단 말이야. 자기 표현을 빌리면, 마음은 남자니까……."

혼잣말처럼 지로가 중얼거리자, 이번에는 아카리의 얼굴이 새빨개졌다. 창문 너머로 두 사람을 축복하듯이 피아노 선율이 들려왔다.

3

유유히 흐르는 가모 강변에 '보름달 커피점'이 있다. 그 옆에서 피아노 선율이 조용히 흐른다. 간판을 정리한 '보름달 커피점' 고양이 스태프들이 의자에 앉아 눈을 감고 피아노 선율에 취해있다.

하천부지에 까만 그랜드피아노가 놓여 있었다. 한 노신사가 피아노를 연주했다. 보름달 달빛이 마치 스포트라이트처럼 그를 비췄다. 곡은 엘가의 〈사랑의 인사〉다.

연주를 마치자, 고양이들이 아낌없이 박수를 보내며 신사에게 뛰어갔다. 신사는 천천히 일어나 고양이들의 머리와 턱을 쓰다듬어주고, '보름달 커피점'으로 걸어왔다. 삼색 고양이 마스터가 짝짝짝 박수를 보내고, 테이블에 맥주잔을 내려놓았다.

"드세요. '하늘색 맥주 별하늘'입니다."

맥주잔에는 남빛, 쪽빛, 물빛, 주황빛으로 그러데이션을 이룬, 은하수를 머금은 별들이 아로새겨진 신비로운 맥주가 담겼다. 신사는 주름 가득한 얼굴로 환하게 웃으며 의자에 앉았다.

"간판을 정리한 뒤인데 이거 미안합니다."

"아닙니다. 멋진 연주를 들려주셨으니 답례를 해야죠."

마스터가 가슴에 손을 댔다.

"이번 연주에는 여러분에게 감사하는 마음을 담았는데……."

"감사하는 마음이요?"

"그래요. 그 아이들을 이끌어줘서 정말 고맙소."

신사가 일어나 깊이 고개를 숙였다.

"무슨 말씀이세요. 우리 동료를 구해준 아이들이니 우리가 더 고맙죠."

마스터가 웃으며 맞은편 의자를 눈짓했다.

"앉아도 될까요?"

"물론이지요."

신사와 마스터가 마주 보고 앉았다. 마스터 앞에도 같은 맥주가 나왔다. 신사와 함께 건배했다. 신사는 맥주를 한 모금 마시고 음미했다.

"기막힌 맛이야. 온몸으로 퍼지는 것 같군요."

"고맙습니다."

"그립군. 내가 여기에서 처음 마신 것도 맥주였지요."

"그랬나요?"

"그래요. 프라하 골목에서 커다란 고양이가 내게 맥주를 주며 어깨에 힘을 빼라고 말했었지요. 그때 마셨던 맥주의 맛을 지금도 기억합니다."

신사가 그리움이 가득한 얼굴로 웃었다.

"맞아요. 그랬었죠. 그때 당신은 아직 화성기 청년이었고 지휘자였어요."

"나이 마흔에도 청년이라고 불러주니 당황했지만, 지금 생각해보면 그때는 애송이였지요. 지휘자로 유명해졌다고 제멋대로인 데다가 고집도 세고 거칠었죠. 오케스트라 단원들을 내 음악을 표현하는 도구처럼 여겼으니……."

결국 오케스트라에 보이콧을 당했다.

나는 그저 최고의 음악을 만들고 싶었을 뿐인데.

고민이 꼬리에 꼬리를 물어 음악 자체가 싫어졌던 시절. 체코의 블타바강 부근을 목적 없이 걷던 때였다. 카를 다리 옆에 보기 드문 트레일러 카페가 있었다. 그곳에서 커다란 고양이가 "어깨에서 힘을 좀 빼세요"라고 말하며 신비한 맥주를 주고, 별자리를 읽어주었다.

"정체성을 보여주는 제1하우스에 '명왕성'이 있군요. 명왕성은 아주 에너지가 강한 별입니다. 대단한 카리스마가 있으나, 강한 집착과 고집도 암시하지요. 그런 점이 전면에 드러나면 주위 사람들이 피곤해하고 따르지 않게 되는 결과가 생기기도 하죠."

그 말은 순순히 인정할 수 있었다.

나는 내 음악을 하고 싶다. 이 집착만큼은 절대 버리지 못하리라.

충고는 수긍할 만했고 반성할 점도 충분히 있었지만, 그래도 오케스트라 앞에 서면 나만의 해석으로 음악을 표현하고 싶어서 자꾸만 단원들에게 트집을 부리게 된다.

"그렇다면 일단 혼자 해보시면 어떻습니까?"

"혼자요?"

"네, 예를 들어 저 악기로 표현해보면 어떨까요?"

마스터가 바라본 앞에는 그랜드피아노 한 대가 있었다.

"……."

지휘자가 되기 전에 악기를 전반적으로 다루었다. 당연히 피아노도 보통 수준 이상으로 연주할 수 있다.

'피아노는 그 자체로 오케스트라'라는 말이 있을 정도로, 피아노는 다채로운 음악을 표현하는 악기다.

그래. 남에게 잔소리하기 전에 먼저 직접 표현하고 싶은 음악을 완성해보자. 그는 일어나 피아노로 갔다.

"힘내세요. 명왕성은 '파괴와 재생을 관장하는 별'입니다. 당신의 팬으로서 부활하기를 기대할게요."

마스터의 목소리가 들려 돌아봤을 때는 신비로운 트레일러 카페는 이미 사라진 뒤였다.

"그 후로 나는 피아노로 나만의 음악을 표현하기로 했지요. 피아니스트로 성공하면 다시 지휘자로 단상에 서서 지휘봉을 잡아도 괜찮겠다고 생각했어요. 그런데 좀처럼 만족하지 못했죠. 그래서 진심으로 반성했습니다."

신사가 차분하게 고백하자, 마스터가 고개를 갸우뚱했다.

"반성이요?"

"네. 스스로도 제대로 못하는 주제에 오케스트라 동료들에게 이런저런 모호한 지시만 하며 몰아붙였으니까요……. 결국 피아노에 집중하느라 다시 지휘자가 되지는 못했죠."

"그랬군요. 그 결과 당신은 세계적으로 유명하고 훌륭한 피아니스트가 되셨죠."

"대단하게 들리지만, 정신을 차리고 보니 아무에게도 곁을 내주지 않고 살았더군요. 혼자 음악에만 푹 빠져서 말이죠. 노후에는 부모님이 물려주신 집에서 홀로 피아노를 연주하며 살았습니다."

신사가 턱을 괬다. 고양이의 도움을 받았기에 버려진 고양이를 보면 그냥 두지 못하고 데려왔다. 사실은 고양이들이 외로운 자신을 구해준 것이다.

"그 초등학교 아이들도 나를 구했지요. 아침저녁으로 나를 보며 밝게 인사해줬으니까요. 그리고 내 피아노 연주도 즐겁게 들어주었지요. 아이들이 하교하는 시간이 즐거웠어요. 매일 어떤 곡을 칠까 생각하면 가슴이 두근거렸죠. 그리고 마지막까지 나를 도왔어요."

"그래서 그 아이들을 돕고 싶었군요?"

마스터의 질문에 신사는 가만히 고개를 끄덕였다.

"그 아이들 모두 옛날의 내 모습처럼 보였어요. 나도 보이콧 소동 후에 오케스트라 앞에 서는 것이 두려워서 도망쳤어요. 그 후로는 음악을 사랑하면서도 지휘자로 서기가 괴로웠죠. 사랑도 그렇습니다. 젊었을 때 사랑했던 사람이 있었지요. 저보다 한참 연상인데다 한 번 결혼까지 했던 사람이라

제 주변에서 반대가 심했어요. 하도 그러니까 어쩔 수 없이 내 마음을 억눌렀어요. 그 사람은 결국 다른 남자와 결혼했지요. 작은 일에 고집이나 부리고, 정작 뚝심 있게 밀어붙여야 하는 일은 자존심 때문에 뭉그적댔죠. 그런 나를 얼마나 탓하고 지난 일을 후회했던지……. 좀 더 일찍 내 감정에 솔직해졌어야 했는데 하고 지금도 후회합니다."

신사가 길게 숨을 내쉬고, 입술을 올려 웃었다.

"뭐, 지나고 보니 그런 경험도 눈부시게 아름다운 추억이 되기는 했지만요. 하지만 그 아이들이 최소한 자기 자신을 속이지 않기를 바랐어요."

"그게 당신이 그들에게 보내는 감사 인사였군요……."

"그렇습니다."

신사가 하늘을 올려다보았다.

"게다가 지금은 한 시대가 저물고 새로운 시대가 열리는 격동기죠. 괴로운 일도, 피치 못할 시련도 많겠지만, 별을 알면 훨씬 더 인생이 수월해지지요. 아이들이 그걸 알아주길 바랐습니다. 마스터, 당신이 내게 가르쳐준 거예요."

마스터가 "그렇군요"라고 말하며 그리운 듯이 초승달처럼 눈을 가늘게 뜨며 웃었다.

"출생도는 '운명 레코드'이며 '인생 나침반'입니다. 나다운 인생을 위한 여정을 시작하기 위해서는 먼저 자기 자신을 알아야 하죠. '별점술사'로서 한 명이라도 많은 사람에게 알려줄 수 있기를 바랄 뿐입니다."

마스터와 신사가 마주 보고 하하하 웃었다. 신사는 맥주를 마시고 일어났다.

"그럼 마지막으로 한 곡 더. 당신과 그 아이들을 위해 연주하겠습니다."

"기쁘네요. 어떤 곡이죠?"

"베토벤의 〈비창〉을……."

"그 아이들을 위해서 〈비창〉을요?"

"저번에 세리카와 선생이 내가 연주한 〈비창〉을 듣고 내가 표현하려고 했던 마음을 알아주었습니다. 그게 정말 기뻤어요."

베토벤이 〈비창〉을 작곡할 때, 그는 이미 심한 난청으로 귀가 들리지 않았다. 그의 현실을 고려하면 당연히 애절하고 비통스러운 곡일 것이다. 그런데 전체적인 멜로디 속에는 애절함과 함께 다정함과 강인함이 있다.

베토벤은 자기가 처한 현실을 받아들이고 살아가겠노라 결심했다. 밑바닥에서부터 다시 일어서기. 실로 명왕성과 같은 곡이다. 그 멜로디는 아픔과 상처로 얼룩진 사람들의 마음을 감싸 안아줄 것이다.

〈비창〉은 상처받은 마음을 달래주는 곡일까……

피아노 앞에 앉은 신사는 미즈키의 말을 떠올리며 기분 좋게 웃었다. 베토벤 피아노 소나타 8번 C단조 Op. 13 〈비창〉이 강변 너머에까지 울려 퍼졌다. 고양이들이 황홀하게 귀를 기울였다. 커다란 달이 미소 짓듯이 빛났다.

작가 후기

이 책을 읽어주신 독자 여러분, 고맙습니다. 모치즈키 마이입니다.

출생 천궁도라는 '운명 레코드'를 읽어주는 고양이 별점술사 마스터가 있는 '보름달 커피점'은 오랫동안 쓰고 싶다고 생각했던 서양 점성술을 모티브로 한 이야기입니다.

감수해주신 서양 점성술 강사 미야자키 에리코 선생님, 정말 고맙습니다.

2013년 즈음에 서양 점성술을 처음 접했어요. 서양 점성술 정보를 올리는 SNS를 우연히 읽고, 별의 흐름에 따라 행동하기 시작했죠.

예를 들어 "달이 사자자리에 들어갔으니 자기 어필을 하기 좋은 시기입니다" "달이 처녀자리에 들어갔으니 지금은 드러내지 않고 힘을 키워나가요" 같은 조언이죠. 또 제 출생 천궁도를 보고 어떤 일이 잘 맞는지 조사하기도 했습니다.

별의 흐름을 의식하자 차츰 운이 트이기 시작했어요.

그해 여름에 제가 쓴 웹소설이 'WEB 소설대상'을 받으며 책으로 출간되었고, 이후 만화와 애니메이션으로도 제작되었습니다. 상을 받으니까 기뻐서, '별은 대단하다. 점성술을 더 열심히 공부해야지'라고 생각했어요. 2013년부터 독학으로 공부를 시작했습니다. 그런데 독학으로는 모르는 게 많아서 2015년부터 점성술 강사에게 배우기 시작했죠.

공부를 시작하고 3년쯤 지난 2016년, 점성술을 모티브로 글을 쓰려고 한번 시도했었어요.

그런데 막상 쓰기 시작했더니 잘 안 써지더라고요. 이야기로 풀어내려면 어느 정도 제 안에 정착해야 하죠. 이 정도면 잘 안다고 생각했는데 사실은 공부가 부족했다는 것을 뼈저리게 느꼈습니다.

계속 공부를 하다가 아직 초보지만 '초보자 시선에서 점성술을 처음 시작하는 이야기라면 쓸 수 있겠다' 싶은 시점까지 왔습니다.

그러던 어느 날, SNS에서 멋진 일러스트를 발견했어요.

일러스트레이터 사쿠라다 치히로 선생님이 그린, 고양이 마스터가 있는 신비로운 '보름달 커피점' 일러스트였죠. 아름답고 환상적이었어요. 선생님이 그린 밤하늘 풍경처럼 세계관을 무한정 확장할 수 있을 것 같았죠.

그 일러스트에 첫눈에 반한 저는 '만약 점성술 이야기를 쓰면 이분의 일러스트가 좋겠어' 하고 멋대로 생각했답니다.

조금 더 시간이 지나 2019년 봄, 사쿠라다 치히로 선생님이 간사이 코미티아라는 동인 이벤트에서 일러스트집을 판매한다는 정보를 듣고, 일러스트를 갖고 싶어서 오사카까지 갔습니다.

사쿠라다 선생님의 작품을 사고, "사실 저는 소설을 쓰는 사람이에요. 언젠가 사쿠라다 선생님과 함께 일할 수 있으면 좋겠어요"라고 말하며 뻔뻔하게도 명함 교환까지 하고 돌아왔습니다.

그 후 《교라쿠 숲의 앨리스京洛の森のアリス》(전3권)를 발표한 후 분게이슌주 담당 편집자 두 분과 미팅을 하게 됐어요.

"모치즈키 씨, 교라쿠 앨리스 4권 출간은 언제쯤으로 예상하세요?"라는 질문에 저는 "교라쿠 앨리스는 어느 정도 전개가 안정됐으니까 잠깐 쉬고……, 사실 신작을 쓰고 싶어요. 점성술 이야기이고 멋진 일러스트 작가도 계신데요……" 하고 계획을 밝히고, 사쿠라다 선생의 일러스트를 보여줬습니다. 그러자 "정말 멋져요! 우리 같이해요!" 하고 그 자리에서 결정이 났죠.

사쿠라다 선생님도 제안을 받아주셨어요. 선생님, 감사합니다!

사쿠라다 선생님도 함께한 미팅에서 "모치즈키 씨가 그때 언젠가 같이 일하고 싶다고 말씀하셨잖아요. 그런데 설마 분게이슌주 출판사를 끌고 오실 줄은 몰랐어요" 하고 웃으며 말씀하셨어요.

사쿠라다 선생님은 '보름달 커피점' 일러스트를 그린 이후로 점점 더 인기가 높아져서 작업 의뢰도 늘었다고 하십니다. 그래도 "출판 쪽에서는 모치즈키 씨가 제일 빨랐어요"라고 하셔서 기뻤습니다.

사쿠라다 선생님은 가도카와 출판사에서 일러스트집도 내세요. 이 책과 같은 달에 일본에서 출간될 예정이에요. 이 일러스트집도 '점성학'과 협력 작품 형태로 내기로 해서, 사쿠라다 선생의 일러스트집에 제 단편이 실립니다.

이 책《보름달 커피점의 고양이 별점술사》와 사쿠라다 치히로 선생님의 일러스트집《보름달 카페滿月コーヒー店》, 출판사를 넘어선 협력 작품입니다. 부디 같이 살펴봐주시면 감사하

겠습니다.[*]

단순히 점성술을 모티브로 글을 쓰고 싶다는 몇 년 동안 묵힌 구상이 사쿠라다 치히로 선생님이라는 멋진 일러스트레이터와 만난 후로 별똥별 같은 속도로 출판이 결정되고, 이야기가 만들어졌어요. 이 역시 별의 신비로운 안내일지도 모르죠.

점성술은 심오한 세계예요. 저는 아직 입구에 섰을 뿐입니다. 이 작품 또한 별을 말하는 입구에 해당하는 이야기입니다. 이 책《보름달 커피점의 고양이 별점술사》가 점성술에 조금이라도 흥미를 느끼는 계기가 된다면 정말 행복할 거예요.

이 자리를 빌려 인사드릴게요. 저와 이 작품을 둘러싼 모든 인연에 진심으로 감사합니다.

고맙습니다.

모치즈키 마이

---

[*] 일본에서 소설《보름달 커피점의 고양이 별점술사》는 2020년 7월, 일러스트집《보름달 카페》는 2020년 8월에 각각 출간되었다. 일러스트집은《보름달 카페》라는 제목으로 2021년 8월 우리나라에서도 출간되었다.

참고문헌

가가미 류지鏡リュウジ, 《가가미 류지의 점성술 교과서 I : 나를 알기
鏡リュウジの占星術の教科書 I 自分を知る編》(하라쇼보原書房)

게이코Keiko, 《우주와 연결되자! 바라기 전에 소원이 이루어지는 책
宇宙とつながる！願う前に、願いがかなう本》(오오와슛판大和出版)

나가다 히사시永田庶, 《역과점의 과학暦と占いの科学》(신초샤선서新潮選
書)

룰루 라브아ルル・ラブア, 《점성학 신장판占星学 新装版》(지쓰교노니혼샤実
業之日本社)

르네 반달 연구소ルネ・ヴァン・ダール研究所, 《가장 쉬운 서양 점성술 입
문いちばんやさしい西洋占星術入門》(나쓰메샤ナツメ社)

마쓰무라 기요시松村潔, 《완전 마스터 서양 점성술完全マスター西洋占星
術》(세쓰와샤説話社)

마쓰무라 기요시松村潔, 《운명을 이끄는 도쿄 별지도運命を導く東京星
図》(다이아몬드샤ダイヤモンド社)

마쓰무라 기요시松村潔, 《최신 점성술 입문最新占星術入門》(가쿠슈겐큐
샤学習研究社)

센 텐규銭天牛, 《지금 당장 쓸모 있는 센 텐규 역경すぐに役立つ銭流易
経》(기엔토쇼棋苑図書)

이시이 유카리石井ゆかり, 《달로 읽는 내일의 별점月で読む あしたの星占い》(스미레쇼보すみれ書房)

케빈 버크ケヴィン, 이즈미 류이치バーク 伊泉龍一 옮김, 《점성술 완전 가이드: 고전적 기법부터 현대적 해석까지占星術完全ガイド 古典的技法から現代的解釈まで》(포튜너フォーテュナ)

옮긴이 이소담

동국대학교에서 철학 공부를 하다가 일본어의 매력에 빠졌다. 읽는 사람에게 행복을 주는 책을 우리말로 아름답게 옮기는 것이 꿈이고 목표다. 지은 책으로《그깟 '덕질'이 우리를 살게 할 거야》가 있고, 옮긴 책으로《1일 1채소, 오늘의 수프》《하루 100엔 보관가게》《변두리 화과자점 구리마루당》《양과 강철의 숲》《같이 걸어도 나 혼자》《소중한 것은 모두 일상 속에 있다》《오늘의 인생》《서른두 살 여자, 혼자 살만합니다》《그런 날도 있다》《빵과 수프, 고양이와 함께하기 좋은 날》등이 있다.

보름달 커피점의 고양이 별점술사

초판 1쇄 발행 2022년 2월 10일
초판 3쇄 발행 2022년 9월 30일

지은이 모치즈키 마이
그린이 사쿠라다 치히로
옮긴이 이소담
펴낸이 최정이

펴낸곳 지금이책
주소 경기도 고양시 일산서구 킨텍스로 410
전화 070-8229-3755
팩스 0303-3130-3753
이메일 now_book@naver.com
블로그 blog.naver.com/now_book
인스타그램 nowbooks_pub
등록 제2015-000174호

ISBN 979-11-88554-55-3 (03830)